向田邦子 暮しの愉しみ

向田邦子　向田和子

Kuniko Mukoda

とんぼの本

新潮社

Prologue

「寺内貫太郎一家」「阿修羅のごとく」「あ・うん」など、放送史上に残るドラマの脚本家、エッセイスト、直木賞作家として活躍した向田邦子さん（一九二九〜八一）。

料理上手で食いしん坊、器、書画、骨董にも熱中し、ひまさえあれば旅に出る。大好きな猫と暮し、着るものも身の回りの小物も「あら、こういうの、いいわね」と楽しげに、けれどしっかりとした自分の眼でお気に入りを選んでいく。

突然の航空機事故で、風のように去っていってから二十年以上が経ちますが、向田さんのライフスタイルには、「自分らしく生きるとはどういうことか」「自分らしく暮すとはどういうことか」を知るヒントがたくさん詰まっています。

1980年　ドラマの収録現場で
撮影＝田村邦男／新潮社

目次

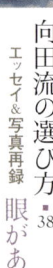

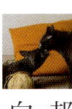

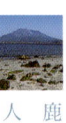

第五章 その素顔と横顔

1980年「ままや」にて
撮影＝田村邦男／新潮社

第一章
台所の匂い

おいしいものが大好きだった向田邦子さん。レストランでこれはと思うものに出くわすと、シェフの技を目と舌で盗み、自分でも仕事の合間を縫ってささっとつくったり、地方からうまいと評判のものを取り寄せたりと、食への探求を欠かさなかった。

テレビドラマの脚本を書くときだって「この家がどういう朝ごはんを食べるのか、献立ができればもう話はできたも同然」と言い、実際、「寺内貫太郎一家」には、朝ごはんの場面で「今朝の献立て納豆、おみおつけ、昨夜の残りの精進揚げを煮たもの……」などとテロップが流され、テレビ局に問い合わせが殺到したとか。

向田さんの手料理のモットーは手軽でおいしく。使うのはどこの家にもありそうな材料と調味料。ほんの少しの工夫で食卓が豊かになるお手本が、ここにあります。

食いしん坊で料理上手だった向田邦子さん
趣味が高じて、東京・赤坂に妹の和子さんと
開いた小料理屋「ままや」にて
1980年　写真提供＝主婦の友社(2点とも)

何かの間違いで、テレビやラジオの脚本《ほん》を書く仕事を
しているが、本当は、板前さんになりたかった。
女は、化粧をするし、手が温かい。
料理人には不向きだということも知っている。
私自身、母以外の女の作ったお刺身や、おにぎりは、
どうもナマグサくていやだから、
板場に立つなんて大それたことはあきらめて、
せめて、小料理屋のおかみになりたい。
——これは今でも、かなり本気で考えている。

板前志願『女の人差し指』

さんどさんどの舌鼓

料理製作……向田和子
撮影……坂本真典

原稿の〆切に追われていると、毎日買い物へ行けない。向田さんは、暇を見つけて買っておいた材料を、二、三日使い回しながら、同じ味にならないよう工夫して食べる名人でした。

肩の凝らないお惣菜風の料理を好んだ邦子さんが、いつも台所で切らさないようにしていたのは、わかめ、こんぶ、梅干、かつおぶし、豆腐、それとねぎやしょうが、茗荷などの香味野菜。

あとは買い物へ行ったときの具合で、れんこんや鶏肉、大根、魚なんかが加わっていたとか。使う調味料も「さしすせそ」（砂糖、塩、酢、しょうゆ、味噌）。

今回、向田さんのレパートリーのなかから、いくつか同じ材料（大根、れんこん、長ねぎ、鶏肉、豆腐など）を使い回して作れる三日分の献立を、夕食を中心にご紹介します。

献立

鶏ささ身を使った「鶏のしそ焼き」

れんこん、鶏肉、冷蔵庫の余り野菜を使った「筑前炊き」

鹿児島から取り寄せた「さつま揚げ」（82頁）

長ねぎの白い部分を使った「焼ねぎと生しいたけのごまあえ」

鶏のしそ焼き

材料……
鶏ささ身2枚　青じそ8枚
タレ（赤味噌小さじ2　みりん小さじ1・5）
サラダ油少々

作り方……
❶ささ身は筋をとって四つにそぎ切りし、それぞれに赤味噌とみりんを混ぜたタレを塗る。❷青じそ1枚でささ身を一切れずつ巻く。❸フライパンに油を熱して、弱火で焼く。焼き色がついたら裏返して蓋をし、3～4分間蒸し焼きに。焼きすぎると堅くなってしまうのでご注意を。

◎材料は、特に表示がない場合、4人分を目安としています。
◎使用している計量の単位は、1カップ200cc、大さじ15cc、小さじ5ccです。

筑前炊き

材料……
鶏胸肉1枚　れんこん100g
ごぼう100g　にんじん小1本
生しいたけ6枚　こんにゃく1枚
絹さや30g
だし汁1・5カップ　酒大さじ3
サラダ油・砂糖・しょうゆ・塩各適宜

作り方……
❶鶏胸肉は一口大のぶつ切り、れんこん、ごぼう、にんじんは皮をむいて、しいたけとともに大きめの乱切りにする。こんにゃくは手で食べやすい大きさにちぎってゆがく。❷絹さやは筋をとり、塩ゆでにする。❸鍋にサラダ油を熱し、①の材料を強火で炒める。❹③にかぶるぐらいのだし汁と酒、砂糖、塩、しょうゆを適宜加えてじっくりと煮含める。❺仕上げに②の絹さやを加える。

さつま揚げ

材料……
さつま揚げ1～2枚

作り方……
❶さつま揚げは、半分に切る。❷焼き網を熱し、弱めの中火で焦げ目がつくくらい両面を焼く。焦げやすいので火かげんに気をつける。

焼ねぎと生しいたけのごまあえ

材料……
長ねぎの白い部分16cm
生しいたけ4枚
あえ衣（すりごま・酒各適宜　しょうゆ2、みりん1の割合）
◎すりごまは半分は市販品、半分はいりたての香りのよいものをすって、上手に手抜きが邦子風。

作り方……
❶長ねぎは焼き色がつくまで網で焼き、長さ2cmに切る。生しいたけも同様に両面を焦げ目がつくまで焼き、細切りに。❷すりごまに煮きった酒（火に近づけてアルコール分を飛ばしたもの）を少しずつ加え、とろりとなったらしょうゆ、みりんを入れて好みの味にととのえる。焼ねぎ、しいたけとあえて出来上がり。

次の朝食

◆献立◆

向田家の常備菜
「人参しらす」
昨夜の残りのさつま揚げで
「さつま揚げとほうれん草のあえもの」
長ねぎの残りと豆腐を使った
「おみおつけ」
取り寄せ品の
「玉黄金らっきょう」(83頁)
梅の珍味
「鶯宿梅」(82頁)をのせた白いごはん

人参しらす

材料と作り方は16頁参照。

さつま揚げとほうれん草のあえもの

材料

さつま揚げ・ほうれん草各適宜
だし汁0・5〜1カップ
酒・しょうゆ各大さじ1
砂糖・塩各少々

作り方

❶さつま揚げは食べやすく細切りにする。❷ほうれん草は塩を入れた熱湯でサッとゆで、冷水にさらし水気を取って3cmくらいの長さに切る。❸だし汁、酒、塩、しょうゆ、砂糖で薄味の煮汁を作り、①を加えてやや弱めの中火で煮含める。❹さましたさつま揚げとほうれん草をあえる。ほうれん草の代わりに根三つ葉や小松菜を使ってもOK。

豆腐とねぎのおみおつけ

材料

長ねぎ3cm　豆腐(絹ごし)1丁
だし汁3カップ　味噌大さじ2

作り方

❶豆腐は食べやすく切り、ねぎは薄い小口切りにする。❷だし汁を中火で煮立て、豆腐を入れてひと煮立ちさせ、味噌を溶き入れて、ねぎを散らす。好みで七味唐辛子をふる。

二日目の夕食

◆献立◆

一本買った大根を
たっぷり使った
「ぶり大根」

香菜で味にひと工夫
「豆腐の香菜いため」

まだ残っている長ねぎは
「焼ねぎ」

電子レンジで簡単にできる
「蒸し鶏と
アンディーブの
わさびあえ」

ぶり大根

材料……
大根中1本　ぶりのあら600g、切り身四切れ　しょうゆ・みりん・酒各適宜　しょうが一片　ゆずの皮少量

作り方……
❶ぶりのあらと切り身は、水洗いした後、一口大に切る。熱湯の中をさっとくぐらせ霜降りにし、水気を切る。❷大根は3cm厚の輪切り、扇形など食べやすい大きさに切り、皮をむく（皮は捨てずにとっておき、後できんぴらにする）。❸鍋に、ぶりのあら、つぶししょうがを入れ、その上に大根を並べる。❹水をたっぷり入れて、火にかけ、煮立ったら中火にしてコトコト煮る。❺大根がやわらかくなったら、かぶる程度に水を加え、しょうゆ・みりん・酒で味つけをして（好みでよい）、じっくり煮る。❻大根に半分くらい、味がしみこんだら、上に切り身を並べ、味がしみるまで煮る。❼器に盛り、ゆずの皮を添える。
◎ぶりは煮すぎると身がバサバサになるので注意。

豆腐の香菜いため

材料……
香菜1・5束　豆腐（木綿）1丁　砂糖小さじ1　しょうゆ大さじ1・5　塩少々　サラダ油・ごま油各適宜

作り方……
❶香菜は3cmの長さに切って葉と茎の部分を分けておく。❷フライパンにサラダ油を熱し、豆腐を入れる。砂糖、しょうゆを加え、おたまなどでくずしながら、強火で手早くいためて水気をとばす。❸香菜の茎の部分を②に入れ、塩を加える。茎に火が通ったら葉を入れ、ごま油をひとふりしてから火を止める。

焼ねぎ

材料……
長ねぎの白い部分1本　しょうゆ・酒各大さじ2

作り方……
❶長ねぎは堅い皮を1枚除き、4〜5cmの長さに切る。❷しょうゆを酒で割ってタレを作る。❸長ねぎを中火で網焼きにしたら、②のタレをつけて、弱火で香ばしく焼き上げる。七味唐辛子をふってもよい。

蒸し鶏とアンディーブのわさびあえ

材料……
鶏胸肉1枚　アンディーブ適宜　酒大さじ1　塩適宜　ソース（サラダ油・レモン汁・塩・こしょう・わさび各適宜）

作り方……
❶薄塩をふった胸肉を皿に入れ、酒をふりかけてラップをかけ、電子レンジで約2分半加熱し、さめてから細くさく。❷サラダ油、レモン汁を好みの割合で混ぜたら、塩、こしょうで味を調え、わさび少々を加えてソースを作る。❸食べる直前に①の胸肉、斜め細切りにしたアンディーブ、②のソースをあえる。

◆献立◆

残った鶏の胸肉を使って
「**レモン風味いため**」

長ねぎの青い部分を
思い切り使った
「**ねぎ卵**」

さっともう一品欲しいときの
「**さやいんげんのお浸し**」

筑前炊きや常備菜（17頁）に
使った残りで
「**梅れんこん**」

「ぶり大根」でとっておいた
皮を使った
「**きんぴら**」

鶏肉のレモン風味いため

材料……

鶏胸肉1枚　溶き卵1個分
片栗粉・塩・こしょう・酒・サラダ油各少々
タレ（砂糖少々　酒大さじ2　レモン汁0・5～1個分）
パセリ適宜

作り方……

❶鶏肉は皮と脂を除き、長さ4cm、厚さ5mmのそぎ切りにする。❷①に塩、こしょう、酒をふって下味をつけたものに、溶き卵を加えて混ぜ、片栗粉、サラダ油を適量加えて全体を混ぜ合わせる。❸タレの材料を混ぜ合わせておく。❹フライパンにサラダ油を熱し、②の鶏肉を並べ入れ、強めの中火で焼き両面にきれいな焼き色をつけて、一旦、皿に取り出す。❺焼きあがった鶏肉をフライパンに戻し、③のタレを加えてよく炒め合わせる。❻器に盛ったらパセリを飾り、アツアツをいただく。冷めてももちろん美味。

◎輪切りのレモンを加え一緒に炒めると風味が増す。

ねぎ卵

材料……

長ねぎ20cm　溶き卵2個分
塩・こしょう・サラダ油各適宜

作り方……

❶ねぎは青い部分もすべて、小口切りにする。❷フライパンにサラダ油を熱し、中火で①を炒め、溶き卵、塩、こしょうを加え、箸で大きくゆったりと混ぜ、半熟状になったら器に盛る。ほんの少ししょうが酢をかけてもおいしい。

和子さんの一言メモ

しょうが、にんにくは、あんがい余らせてしまうもの。買ってきたら使う分だけ別にして、残りは皮ごと酢に漬けてしまうのも手。1ℓの酢に対して100gのしょうが又はにんにくを3ヶ月間漬けておく。にんにく酢はカレーに入れると隠し味に。酢のかわりにホワイトリカーに漬けて、しょうが酒、にんにく酒にしてもよい。風邪の時に大活躍する。

さやいんげんのお浸し

材料……

さやいんげん80g
だし汁0・5カップ
しょうゆ大さじ2
みりん大さじ1
削りかつお・塩各適宜

作り方……

❶鍋に湯を沸かし、塩を入れ、筋をとったさやいんげんをゆがく。❷ザルにあけ、氷水にさらしてひきしめる。❸だし汁にしょうゆ、みりんを加えたものに、②のさやいんげんを加えて、味をふくませる。❹③を盛りつけ、削りかつおを散らす。

梅れんこん

材料……

れんこん1節
みりん・酢各少々　梅干1個

作り方……

❶れんこんは皮をむいて薄い輪切りにし、鍋に酢水を沸かしてサッとゆで、ザルにとって広げて冷ます。❷種をとった梅干を裏ごしし、みりんを加える。裏ごしが面倒なら梅肉は市販のものを用いてもよい。❸器に盛ったれんこんに②の梅肉を添えて出来上がり。

三日目の夕食

大根の皮のきんぴら

材料……
大根中1本の皮（ぶり大根の際の皮を利用）
酒・しょうゆ各大さじ1
ごま油・砂糖各適宜

作り方……
❶大根の皮をよく洗って水に浸す。しばらくして水を切り、乾いたら細切りにする。❷フライパンにごま油を熱し、①の皮を強火で炒める。❸全体に火が通ったら酒、しょうゆ、砂糖少々で汁気がなくなるまで強火で炒め煮し、最後にごまや七味唐辛子で味をしめる。

和子さんの一言メモ
大根の葉は、買ってきたらすぐに切り落とし、半分は細かく刻んで炒めじゃこや削りかつおを混ぜ合わせて佃煮に。残り半分はかためにゆがき、細かく切って少しずつ冷凍しておく。わかめ等と一緒におみおつけに入れたりと重宝する。

直伝の常備菜

忙しいからこそ、時間があいたときに作り置きしておくのが、お腹が減ったときにパッと食べられるコツ。簡単にできる向田家の定番常備菜を、いくつか教えてもらいました。

アツアツごはんのおかずにも
ぴったり「人参しらす」

人参しらす

材料……
にんじん1本
しらす干し適宜
ごま油・しょうゆ各少々

作り方……
❶にんじんは皮をむき、目の細かいおろし金ですりおろす。❷フライパンにごま油を熱し、強めの中火で①のにんじんをよく炒め、しらす干しを加えて水気がなくなるまでいり煮する。❸香りづけに少量のしょうゆを回しかけ、ひと混ぜする。

酒の肴にも朝食にもあう
「ピーマンの佃煮」

ピーマンの佃煮

材料
ピーマン15個
しょうゆ0・5カップ
みりん・砂糖・塩各少々

作り方
❶ピーマンは縦四つ割りにし、へたと種を取り除く。❷鍋に湯を沸かし、塩を入れて①のピーマンを湯通しし、ザルにあけて塩をふり、色と味をひきしめる。❸鍋に②のピーマンを入れ、しょうゆ、みりん、砂糖を加えて強火で汁気がなくなるまで煮込む。あまりくたっとさせず、適度に歯ごたえを残すのが邦子風。

れんこんのきんぴら

材料
れんこん大1節
酒・しょうゆ各大さじ1
サラダ油・砂糖各少々

作り方
❶れんこんは皮をむき、薄い輪切りにして水にさらす。❷フライパンにサラダ油を熱し、①の水気を切って強火で炒め、酒、砂糖、しょうゆで調味する。れんこんの歯ごたえがなくなるので、ふたはしないこと。仕上げにごまや七味唐辛子をふる。

しゃきっとした
歯ごたえがお気に入り
「れんこんのきんぴら」

あると便利、酒の肴向き
「ゆで卵とレバーのソース漬」

ゆで卵とレバーのソース漬

材料……
卵3個　鶏レバー200g　しょうが1/3かけ　酒少々　漬け汁（ウスターソース・酢各1カップ　白ワインか日本酒大さじ1）　サラダ菜2枚

作り方……
❶レバーは水で洗い、臭みをとるためしょうがと酒を入れた熱湯でゆでる。❷卵を堅めにゆでて、殻をむく。❸漬け汁の材料をまぜあわせ、ゆで卵とレバーを漬け込む。冷蔵庫に入れて2日ほどたってからが食べごろ。❹サラダ菜などの青みを添えて盛りつける。

残りものは"うまい!"の素

残り野菜をおいしく食べ切るのも、邦子さんは得意だった。「スープは、仕事をしながらでも作れるので、姉はちょくちょく作っていましたね。テレビ局の人が来た時に出すと、みなさんロケ弁ばかりで飽きてるから、とても喜ばれたようです」（和子さん）。

牛すね肉と野菜のスープ

材料……

牛すね肉500g
玉ねぎ3個　じゃがいも4個
にんじん・セロリ各1本
月桂樹の葉1枚　パセリ少々
サラダ油大さじ1
塩・こしょう各適宜

作り方……

❶玉ねぎは半分に切る程度、じゃがいもは大きければ2つに切り、小さめならそのまま使う。にんじんは皮をむかず、3〜4つに大きく斜め切りにする。セロリも大きめに切る。❷牛すね肉は大きめのぶつ切りにし、塩、こしょうで下味をつける。❸フライパンにサラダ油を熱し、肉に焼き色をつける。❹深めの鍋に③の肉と7〜8カップの水を入れ、①の野菜、月桂樹の葉を加えて中火で煮る。表面がフツフツとしてきたら、火を弱め、ていねいにアクをとりながら2時間ほど煮る。❺塩、こしょうで味を調えて器に盛り、パセリをほんの少し散らす。

スープのおじや

残ったスープにごはんを入れて火にかける。煮込みすぎないうちに火を止め、最後にパセリを散らせばおじやの出来上がり。お酒を飲んだ後、ちょっと小腹が空いた時などにオススメ。邦子さんは、お昼ごはんに食べたりしていた。

おたのしみ袋

材料……
油あげ4枚
にんじん、ごぼう、こんにゃくなど冷蔵庫にあるもの
煮汁（だし汁2カップ　酒・みりん各大さじ1　しょうゆ大さじ2　塩少々）

作り方……
❶熱湯をかけ、油抜きした油あげを2つに切り、袋にする。❷冷蔵庫にあるにんじん、ごぼう、こんにゃくなどを熱湯でゆで、小さく切って①に詰める。❸鍋に煮汁の材料を入れて煮立て、②を入れフタをする。やや弱めの中火でしっかりと煮付ける。❹彩りに絹さやなどを添える。

◎母・せいさんゆずりのメニュー。冷たくなっても味が落ちないので、お弁当のおかずに最適。

いり豆腐

材料……
豆腐（木綿）1丁　鶏肉200g
にんじん0・5本　さやいんげん60g　生しいたけ6枚
だし汁・みりん・酒・しょうゆ・サラダ油各適宜

作り方……
❶豆腐はふきんに包んでしばらく置き、よく水気を切る。❷鶏肉、にんじん、さやいんげん、生しいたけを1cm程度の角切りにし、ひたひたのだし汁で下煮する。百合根、きくらげ、グリンピースなどを加えてもOK。❸フライパンにサラダ油少々を熱し、①の豆腐をくずし入れ、中火で焦がさないようにいりつける。炒める油はごく少なめにするのがポイント。❹③に②の具を煮汁ごと加え、みりん、酒、しょうゆで味を調え、中火で汁気がなくなるまで煮る。

読むと食べたくなる
「ことばの御馳走帖」

◆豚鍋◆

……なにしろ私は一人ですから、あまり立ったり座ったりしなきゃいけないものですと、話がとぎれますし、客も気がそぞろになります。一度用意したらなるべく立つ必要のないものがいいと思うのですよ。（向田邦子）

……あのころの私はよく人寄せをして嬉しがっていた。

今ほど仕事も立て込んでいなかったから、まめに手料理もこしらえ、これも好きで集めている瀬戸物をあれこれ考えて取り出し、たのしみながら人をもてなした。

もてなした、といったところで、生れついての物臭さと、手抜きの性分なので、書くのもはばかられるほどの、献立だが。そのころから今にいたるまで、あきたかと思うとまた復活し、結局わが家の手料理ということで生き残っているものは、次のものである。

若布《わかめ》の油いため
豚鍋
トマトの青じそサラダ
海苔吸い

書くとご大層に見えるが、材料もつくり方もいたって簡単である。

「食らわんか」『夜中の薔薇』

わかめのいため物

材料……
鳴門わかめ200g
しょうゆ・サラダ油・ごま油各少々
削りかつお1つかみ

作り方……
❶わかめは少し堅めにもどし、3cm位の大きさに切って、よく水気を切る。❷フライパンを熱し、サラダ油にごま油を加えたものを少し多めにひき、中火でわかめを炒める。物凄い音がして油がはねるので要注意。邦子さんは〝白地でない長袖のブラウスを着て〟作ることをおすすめしている。❸わかめがヒスイ色になったら、削りかつおを入れ、しょうゆを加えて手早く仕上げる。みりんで少し甘味をつけてもよい。

◎うんといい器にちょっぴり盛りつけるのがポイント。

つきだしは「わかめのいため物」

豚鍋

材料……

しゃぶしゃぶ用豚薄切り肉人数分（1人200g） 酒（湯の量の3割 料理酒ではなく辛口、できれば特級酒） ほうれん草人数分（1人0・5把） 大根おろし・レモン・しょうゆ各適宜

作り方……
❶大きめの鍋に湯を沸かし、沸いたらその3割程度の量の酒を入れる。❷豚肉を1枚ずつ入れ、箸で泳がせて火を通し、大根おろしがたっぷり入ったレモン汁入りのしょうゆでいただく。❸肉を食べ終わったら、ひげ根をとったほうれん草を手でちぎって鍋にほうりこみ、これも大根おろし入りのレモンじょうゆで。肉のだしの出たつゆにレモンじょうゆをたらして、スープにしてもおいしい。

◎エッセイでは煮立ったつゆに、にんにく一片としょうがを丸のまま入れ、豚肉を泳がせ、レモンじょうゆで食べるが、今回はにんにくとしょうがを入れずにたっぷりの大根おろし入りレモンじょうゆで食べる和子さん風で紹介。

豚鍋の後に、
さっぱりとさせる
「トマトの
青じそサラダ」

トマトの青じそサラダ

材料……
トマト4個　青じその葉12枚
ドレッシング（ごま油大さじ3・5　酢大さじ2・5　しょうゆ大さじ1　塩・うま味調味料各少々　季節により酢の量を変えてもよい）

作り方……
❶トマトはへたをくり抜き、すわりがいいように底を平らに落として放射状に8等分する。❷ドレッシングの材料を混ぜ合わせる。❸青じその葉は千切りにしておく。器に①のトマトを盛り、②のドレッシングをかけて青じそをのせる。サラダ菜などを添えるとより一層見た目鮮かに。

酒がすすみ、
話がはずんだ頃、
中休みに出す
「海苔吸い」

海苔吸い

材料……
だし汁（昆布）3カップ
梅干　わさび・海苔・酒・薄口じょうゆ各適宜

作り方……
❶昆布でごくあっさりとした、だしを取る。❷梅干（小さいものなら1人1個、大きいものなら2人で1個）の種を取り、サッと水洗いして塩気をとって手で細かくちぎる。❸わさびをおろす。❹海苔（1人0・5枚）をあぶってもみほぐす。❺小さめのお碗に、梅干、海苔、わさびを入れ、熱くしただし汁に酒とほんの少量の薄口じょうゆで味をつけた吸い地を張る。

日本に戻ったら、まずはこれ「海苔弁」

ついこの間、半月ばかり北アフリカの、マグレブ三国と呼ばれる国へ遊びにいった。チュニジア、アルジェリア、モロッコである。オレンジと卵とトマトがおいしかったが、羊の匂いと羊の肉にうんざりして帰って来た。

日本に帰って、いちばん先に作ったものは、海苔弁である。

「食らわんか」『夜中の薔薇』

海苔弁

材料……

ごはん・海苔・削りかつお・しょうゆ各適宜

作り方……

❶お弁当箱にごはんをふわりと1／3ほど平らに詰める。❷削りかつおにしょうゆをまぶしたものを薄く敷き、その上に軽くあぶり八つ切りにした海苔をのせる。❸①②を3回繰り返し、最後に、ごく薄くごはんをのせる。❹ふたをして、5分ほど蒸らす。

「横着卵」とは、なんぞや？

……この頃、私がよく作るお手軽な卵料理をひとつご披露しましょう。

卵をひとりあて一個茹でて、糸で輪切りにして一人分の小鉢にならべる。

そこへ、熱くした濃いカレー・ソースをかけるだけ（中略）一個の卵で、オードブルなら二人前は大丈夫である。物のない時に育ったせいか、よくよく人間が始末に出来ているのである。

麻布の卵『夜中の薔薇』

横着卵

材料……

ゆで卵（1人1個）
カレーソース適宜

作り方……

❶ゆで卵を糸で輪切りにし、小鉢に並べる。❷熱くした濃いカレーソースをかける。

◎カレーソースは市販のものでよい。邦子さんは「デリー」のカレーソースを愛用した。

「ままや」繁昌記 ふたたび

「おいしくて安くて小綺麗で、女ひとりでも気兼ねなく入れる和食の店はないだろうか」という邦子さんの強い思いから、「ままや」は昭和五十三年東京の赤坂にオープンした。おかみ（社長）は末妹の和子さん。十五坪のこぢんまりとした店内の、内装からメニュー、皿小鉢、お品書きにいたるまで、邦子さんの目が光り、おいしいお惣菜とお酒がリーズナブルな値段で楽しめる店だった。昭和五十六年に飛行機事故で邦子さんが亡くなった後も店は続けられ、多くの客に愛されたが、開店から二十年後の平成十年、惜しまれながら閉店した。

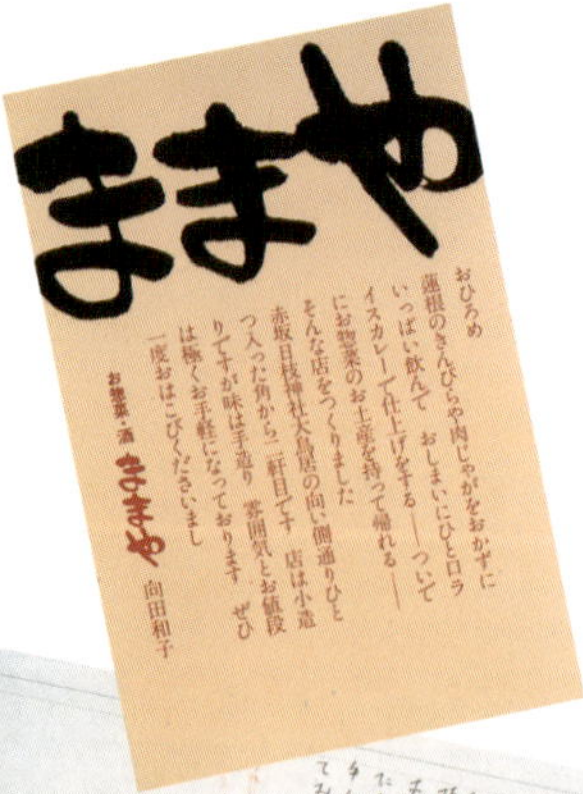

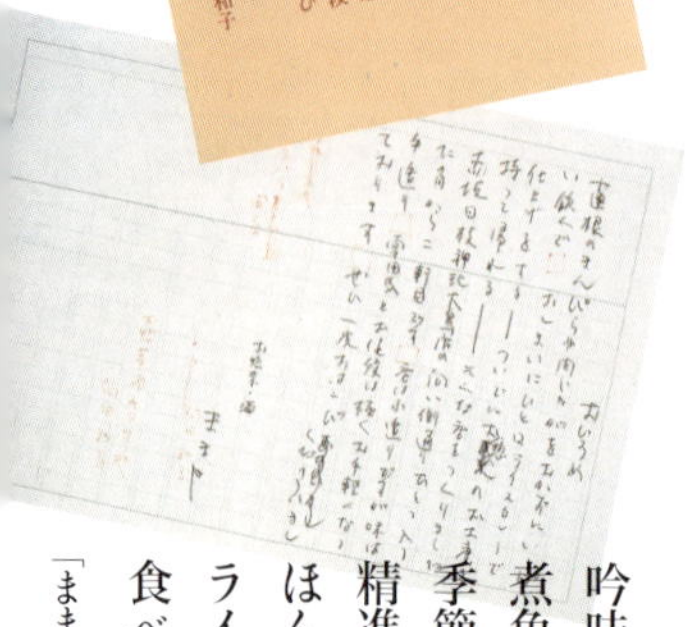

吟味されたご飯。
煮魚と焼魚。
季節のお惣菜。出来たら、
精進揚の煮つけや、
ほんのひと口、
ライスカレーなんぞが
食べられたら、もっといい。

「ままや」繁昌記『女の人差し指』

［右］定番メニューとなった「ひと口カレー」
料理製作＝向田和子　撮影＝坂本真典
［上］開店案内はがきと「おひろめ」文直筆原稿　かごしま近代文学館蔵
右上は「ままや」特製のマッチ　撮影＝野中昭夫（3点とも）

妹の和子さんと 「ままや」店内にて
1980年11月 撮影＝田村邦男／新潮社

懐かしの味、憧れのメニュー

料理製作……中道幸治［元「ままや」板前］

これが「ままや」人気ベスト 2

にんじんのピリ煮

「ままや」を開くとき、邦子さんから「友人のところで食べたんだけど、にんじんをカリッと辛く炊いたものがおいしかったからやってみたら」と言われ、和子さんが作ってみると「あっ、こんなもんね」と合格点。料理の命名は和子さん。

材料……

にんじん2本　だし汁1・5カップ　しょうゆ大さじ2　酒大さじ3　砂糖・みりん・赤唐辛子各少々

作り方……

❶乱切りしたにんじんを、堅めにゆでておく。❷だし汁としょうゆ、酒、ほんのちょっとの砂糖、みりんと、小口切りした赤唐辛子で煮立て、①を入れる。❸にんじんがまだ堅めのうちに火からおろし、鍋ごと氷水に入れて冷やす。そうすると味がよくしみこむ。

料理名は「ままや」お品書きより
書いたのは、邦子さんの友人でもあった柿内扶仁子さん

さつまいもレモン煮

あるお正月、実家で和子さんが栗の瓶詰めを使って栗きんとんを作った際、瓶の汁が余ってもったいないので、汁にさつまいもと栗とレモンの輪切りを入れて煮てみたところ、意外においしい。「さっぱりしてていい」と邦子さんも喜んで食べ、以後、向田家の定番のひとつになった。栗は入れたり入れなかったり。「ままや」では、栗を入れないさつまいもだけのレモン煮で出していた。

材料……

さつまいも1本　レモンの輪切り適宜　砂糖・みりん各少々　塩ほんの少し（耳かき3杯分くらい）

作り方……

❶さつまいもは皮をむき、幅1cmぐらいの輪切りにしてよく水にさらす。❷鍋にたっぷりの水と①のさつまいもを入れ、水からやや堅めにゆでて、ゆで汁を捨てる。❸レモンの輪切りを上に並べて、水をかぶるぐらいに加える。砂糖、みりんを適宜、塩をほんの少し同時に入れる。❹③に紙ぶたをして、弱火でコトコト煮含める。冷たくしてから食べるとおいしい。

レバー生姜煮

材料

鶏レバー300g　しょうが30g
しょうゆ大さじ1　酒大さじ3
砂糖少々

作り方

❶鶏レバーは一口サイズに切る。緑色の部分や血、脂肪のかたまりを取り除き、洗って水気を切る。しょうがはせん切りにする。❷鍋にしょうゆ、酒、砂糖を入れ、煮立ったら、①の材料を入れ、汁気がなくなるまで強火で煮る。レバーが堅くならないように注意。❸器にレバーを盛り、しょうがをのせる。冷めても美味しい。

栄養満点

邦子さんが病気になり、自宅療養をしていた時、日持ちがして何か栄養のあるものをと、和子さんがたくさん作って持っていったのがきっかけ。冷めてもおいしいので、邦子さんにとても喜ばれた。

揚出し豆腐

材料

豆腐（木綿）2丁
だし汁（しょうゆ・みりん各大さじ1・5　水1カップ　塩適宜）
もみじおろし（大根400g　赤唐辛子3本）　しし唐4本
小麦粉・揚げ油・青ねぎ各適宜

作り方

❶豆腐は4つに切ってふきんで包み、しっかり水気を切る。青ねぎは小口切りにする。しし唐はへたを取り、包丁で切れ目を入れる。❷大根に箸で穴を開け、種を出した赤唐辛子を詰め、すりおろす。❸小鍋に塩以外のだし汁の材料を入れて火にかけ、煮立ったら塩を入れて火を止める。❹小麦粉をバットに入れて、水切りした豆腐にまぶす（片栗粉だと、揚げた時にダマになるので、小麦粉を使うのがおすすめ）。❺鍋に油を入れ中温に熱し、しし唐を素揚げする。❻再び油を高温に熱し、豆腐を入れる。❼きつね色にカラッと揚がったら取り出し、器に豆腐としし唐を入れて、だし汁をかけ、青ねぎともみじおろしを盛る。

大好物

「『ままや』の料理は、基本的に姉の食べたいものをやっていました」と和子さん。この揚出し豆腐も、邦子さんの大好きなメニューのひとつで、お店へ来ると必ず食べていた。

ぬた

材料……
生わかめ50g　あおやぎ150g
わけぎ1把
酢味噌（白味噌大さじ3　みりん・酢各大さじ2　砂糖大さじ1　練り辛子小さじ0・5〜1）

作り方……
❶わかめは水で洗って一口大に切り、熱湯にくぐらせて冷水にとり、水気を切る。あおやぎは酢で洗って、細く切る。❷わけぎはさっとゆでて冷まし、まず半分に切る。包丁の背でしごいてぬめりをとり、3cmの長さに切る。❸耐熱容器に白味噌、みりん、砂糖を合わせて電子レンジで約1分30秒加熱し、よく混ぜる。粗熱がとれたら酢と練り辛子を加えて混ぜる。❹わかめ、あおやぎ、わけぎと③をあえて器に盛る。

◎あおやぎがなければ、いかなどをいれても、あるいは両方いれてもおいしい。

プロの味

ぬたを食べればその店がわかるという。「ままや」では板前の中道幸治さんが作っていた。邦子さんは「このぬたみそは、プロならではの味」と絶賛していた。

皮つきべったら

この〝皮つき〟べったらは、ありそうでないメニュー。歯ごたえがよく、コリコリと音を立てて食べるのが邦子流。お皿は、「ままや」開店の時、瀬戸に和子さんと買い付けに行って、手に入れてきたもの。

「ままや」のメニューを
いまも味わえる

向嶋《むこうじま》

「ままや」で二十年間板前をつとめた中道幸治さんが、「向」の一字をもらい、五年前に東京・新橋に開いた店。「ままや」の名物メニューを引き継ぎ、ここで紹介した料理のほとんどが味わえる（にんじんのピリ煮のみ不定期）。カウンターとテーブル席、小上りの座敷があり、テーブルと椅子は「ままや」から受け継いだものが使われている。

◎こぢんまりとした店なので、時間帯によっては席があいていないことがあります。電話をしてからお出かけ下さい。

電話………03-3433-5888
住所………港区新橋 5-16-5　白宝ビル1階
営業時間…17時〜23時
定休日……日曜、祭日、第二・第四土曜

春は勝手口から

向田和子

九つ違いの姉邦子はいつも楽しそうに母の手伝いをしていた。

物心がついた頃、

——自分もやりたい。

そう思った。姉の腰巾着になった。

お膳への茶碗運び、箸置きの並べ方、なんでも真似をする。きちんとしてないと、

「誰がやったんだ」

父の小言が飛んで来た。

すると、すかさず姉は言うのだ。

「私がやりました。以後、気をつけます」

——和子がやったことなのに。

でも、姉は私に注意したりしなかったし、小言のとばっちりが飛んできたことは、ただの一度もなかった。

「叩いてごらん、音でおいしさがわかるから。かぼちゃを叩いて、おいしさの順番をつけるの。スイカもそうだネ、同じように」と言われ、試してみた。姉と二人でおいしさの当てっこをした。

■■■

両親に祖母、姉二人、兄一人、そして私の七人家族だったから、季節を迎えると、かぼちゃやスイカは丸ごと二個や三個は台所に転がっていた。

手伝いの真似ごとには、姉のおまけつきだった。みかんの缶詰の残りで作ってくれたゼリー寄せが、ほんのちょっぴり。

——もう少し食べたいな。

——残念でした。もうおしまい。

姉から〝目サイン〟が送られた。だから缶詰の残りのゼリー寄せには、やけにおいしかった、という記憶と姉の眼差しがこびりついている。

おまけの思い出には、羊羹のはしっこもある。

■■■

いや、おまけだけではない。真似ごともちゃんとやっていた。〝叩く〟ばかりでなく、包丁を使わせてもらっていた。

さやえんどうや空豆、グリーンピースのスジ取り。あら塩で揉んで、サッとゆがいた蕗が翡翠の色に変わり、スッーとスジを引いたときの心地よさ。

竹の子は実を剝がさないように薄皮を

一枚一枚、ていねいに剝がした。種を抜いて、果肉を叩いた梅干しを、竹の子の皮ではさんでしゃぶり、梅干しの深い紅色に染まってゆくさまを楽しんだ。

　裸にされた、たくさんの竹の子は大鍋に移され、ヌカと赤とんがらしでゆがいた。歯ごたえ、つまり、かたさが命。竹串や金串で刺し、たしかめた。姉はとても勘がよく、ひと刺しで決めていた。

　あの頃、お膳にあがっていたもの。竹の子とわかめの炊き合せ、木の芽和え、ひめ皮煮……ひめ皮煮はほんの少ししかなくて、父の酒のおつまみになっていた。たまに削りたての鰹節《かつぶし》をかけて、ふんわり、たっぷり量があるように見せかけ、ごまかした。ほんのちょっぴり、私たちもご相伴にあずかった。

　竹の子の行き先は、ほかにもあった。うす味で炊いたものに刷毛で醬油を塗り、あぶって、庭で摘んだ山椒で香りを立てた。ごはんと炒め、竹の子チャーハンにもなった。ゆがいた竹の子は、こうして二、三日のうちに相性のいい連れ合いとめぐり合い、私たちの胃袋におさまった。

　台所には大きなすり鉢があった。深い溝の底からいろんなものが生まれた。しめった布を敷いて、その上に鉢を置き、最後に押さえるのは私の役目だった。胡麻をあたったり、木の芽（主に山椒）をまぶしたり、とろろおろし、酢味噌などをつくったりするときの味見兼毒味役は押さえ役の私で、味のよしあしを、いやおうもなしに覚えさせられたような気がする。

　彼岸のおはぎは胡麻にきな粉に餡の三色だった。餡は小豆からつくった。

　もち米を蒸して、すりこぎで少し潰す。アツアツのものを水にひたした掌に取り、転がすようにして手早く形をつくる。見

邦子さんと和子さんが子供の頃、朝のお膳にあがっていた皿　祖母が長火鉢の上で丹念に火取った海苔が入っていた
かごしま近代文学館蔵　撮影＝野中昭夫

よう見真似で姉の真似をしていた。リズムに乗って、弾みをつけて……。あっという間に三色おはぎが出来上った。

よもぎが出回る頃には、ゴロゴロ、トントン、すり鉢の音とともによもぎの香りが家中に広がった。そうなるとお膳にあがるのは、よもぎ和え。よもぎのおやつもあった。

■ ■ ■

当時は家でなんでもつくった。梅干しに始まり、新らっきょうの醤油漬け、青じその塩漬け、そして育ちのいい、大きめの胡瓜は種を抜き、茗荷をはさみこんで塩漬けにした。茗荷は庭のかたすみに育っていたものを、黄色の花が咲かないうちに摘み取ったものだ。塩茄子、白菜漬け、たくあん……新しい季節の到来を告げる〝旬〟の手料理がお膳に彩りを添えた。

邦子さんが、春になると好んで食べていた〈竹の子の木の芽あえ〉
協力＝つくしんぼ　撮影＝菅野健児／新潮社

■ ■ ■

ところが母は梅干しに始まり、漬物の「漬」と聞くだけで箸が止まった。漬けるのも、扱うのも苦手で、一方の父は漬物が大の好物、漬物大好き人間ときている。苦手なだけに、母は勘に頼ったり、舌でたしかめたりしない。塩のかげんや漬け込む時間、温度などは実に科学的で、基本に忠実で、味見は祖母や姉頼みだった。

春キャベツの一夜漬け、揉んだ大根とかぶをレモンや柚で香りを立て、歯ごたえも楽しかった三分漬け……サラダのように山盛りでお膳にあがり、私たち家族は歯ごたえを競うように音を立てて食べた。

春はいつも勝手口からやって来る。

向田の家の春は、包丁とすり鉢の音、そして土の香りとともに始まった。

東京・青山〝骨董通り〟のすぐ近くに住んでいた向田さん　ふだんの買い物ついでに、よく骨董屋をのぞいていた　写真提供＝朝日新聞社

第二章　食いしん坊の器えらび

料理上手だった向田さん。好きな料理を気に入りの皿に盛りつけて食べたいという思いから、しぜんと器にも凝りはじめた。近所の骨董屋やギャラリーをふらりとのぞいては、好みのものを見つけ、ひとつふたつと買い揃えていく。その選び方のポイントは？　邦子好みとは？

向田流の選び方

皿小鉢コレクションのエッセンスを知る

エッセイ＆写真再録

撮影……名鏡勝朗

左から安南仕込茶碗、古伊万里染付菊文碗、唐津碗
向田さんは小鉢風に使っていた
左頁は南青山の自宅にて

眼があう

向田邦子

ごはんを食べたり、お茶を飲んだりの、普段使いのものを気に入ったものにしたい、と思いはじめたのは、親のうちを出て、ひとりでアパート暮しをはじめた十五年ばかり前のことである。

父と言い争いをして、猫一匹を抱えて家を飛び出したので、当座の鍋釜や茶碗は、手っとり早くデパートのグッド・デザイン・コーナーというようなところで取り揃えた。白一色に、せいぜいグレイや濃い茶のモダンなクラフト類は、大正・昭和初期の、ときには悪趣味とも思えるボッテリした瀬戸物で育った眼には、新鮮にうつったものだった。

ところが、だんだん味気なくなってきた。

［上］伊万里の飯碗とくらわんか手の小皿
奥に見えるのは魯山人の醤油差し
［右頁］伊万里染付、明や安南の染付、
双魚の青磁の皿などがならぶ

ツルンとしたしゃれた茶碗でのむと、煎茶が水っぽいような気がしてくる。新しょうがに味噌をそえた酒のつまみも、持ち重りのする、時代の匂いのついた皿にのせたらどんなにおいしかろうと思うようになった。散歩のついで、買物のゆき帰り、よその土地へ出かけたときに、古い皿小鉢を商う店を覗くようになったのは、その時分からである。

好きというだけで格別の知識はないから、頼りになるのは自分の目玉だけである。店に入る。あまり眼に力を入れないで、肩の力を抜いて、なるべくぼんやりとあたりを見廻す。そのとき、眼に飛び込んできたもの、眼があってしまったものの前に立ってみる。

いい。何が何だか判らないが、いい。

しかし、大きすぎる。立派すぎる。高そうである。眺める分にはたのしくていいが、さて使う段になったら、薄手すぎたり形が微妙だったりして、洗うにしても仕舞うにしても気が重いだろう。あまりに色が美しすぎ、絵の力がすばらしすぎ

右から黒漆秋草文菓子皿、秀衡小椀、吸坂手小皿

て、この上に大根や魚をのせるのは申しわけない——というようなものは、心を鬼にして、手にとらずに通り過ぎることにした。

再生産のない放送台本を書く人間の、軽い財布に見合って、万一、粗相をしても、

「ああ、勿体ないことをした」

と、その日一日、気持の中で供養をすれば済むものがいい。惜しみなく毎日使って、酔った客が傷をつけても、その人を恨んだりすることなく、

「形あるものは必ず滅す」

と、多少頬っぺたのあたりが引きつるにしても、笑っていられるものがいい。

口がいやしいせいであろう。私は、ひとり暮しのくせに、膳の上に品数が並ばないとさびしいと思うたちである。父が酒呑みだったので、幼いときからものは粗末でも、二皿三皿の酒の肴が父の膳に並ぶのを見て育ったこともある。私自身、晩の食事には小びん一本でもアルコールがないと、物忘れをしたようでつまらないので、集る瀬戸物も自然に大きいものより、手塩皿のようなものが多くなった。小さいものは、大きいものより原則として値段も安い。

眼があったとき、「あ、いいな」と思い、この皿にのせてうつりのいい料理が眼に浮ぶものだと、少し無理をしても財布をはたいた。料理といったところで、茄子のしぎ焼とか、風呂ふき大根とか、貝割れ菜のお浸しとかのお惣菜だが。

うちにあるものは、こんなふうにして一枚、二枚、三枚とごく自然にたまってゆき、気がついたら、アパートに入ったときに買い求めたクラフト類の一式は、ごく自然に姿を消していた。

気に入って買い求め、何日か使ってみる。客にも出す。すると、これは何ですかとたずねられるようになった。自分でも、多少、知りたいという気持にもなった。

陶磁の本を買い、展覧会にも足を運び、染付がどうの、古伊万里がどうのと、聞いたふうな口を利くようになったのは、

あとのことである。

何が何だか判らないけれど、見た瞬間にいいなと思い、どうしても欲しいなと思い、靴を買ったつもり、スーツを新調したつもりで買ったものは、やはり、それなりの、そう出性《でしょう》の悪くないものだと判ったのは、買ったあと、使ったあとだった。勿論、しくじったのもあって、これはそう悪くないぞ、と思っていたものが、さほどでないと知ったものもある。

人間というのは浅ましいもので、判ったあと、そういうものを扱うとき、気持では差別するまいと思うのだが、手は正直で、洗い方がぞんざいになっている。その逆もあって、大したことないと思い、〝ひとかたけ〟の食事代ほどで手に入れたものが値上りしていることを知ると、扱うときの手が、それ相応に気を遣っている。

そういう自分を見ると、ものは値段など知らないほうがいいと思えてくる。他人様に誇れる名品を持たない人間の言い草かも知れないが、詠み人知らず、値段知らず、ただ自分が好きかどうか、それが身のまわりにあることで、毎日がたのしいかどうか、本当はそれでいいのだなあと思えてくる。

あまり知りすぎず、高のぞみせず、三度の食事と仕事のあい間にたのしむ煎茶、番茶、そして、台所で立ったまま点《た》てるお薄。このときをいい気分にさせてくれれば、それでいい。

知らないうちに数がたまっていたものに灰皿がある。

私はいま、ほとんどたばこはのまないのだが、放送関係のひとは、たばこのみが多い。うちのテーブルは黒い地なので、気がつくと、黒にうつりのいい灰皿がたまっていた。

双魚の青磁。安南染付。伊万里の持ち重りのするもの。呉須赤絵写し。

客があっても、着替えるひまもなく、白粉気もなしお愛想もない女主人に代って、せめて灰皿ぐらいはにぎやかに、と気持のどこかで思っているのか、私にし

［右］灰皿にもしていた呉須赤絵写し
［左頁］テーブルとして使っていたタイの
古い青銅鼓の上に置かれた宋胡録
手前の香合は浜田庄司作

ては、色のあるものが多い。たばこは白と灰色と茶色の三色しか色を持っていないから、安心して色を重ねることができるのかも知れない。

他人様から見たら、お恥しいガラクタだが、おすすめにしたがってお目にかけ、写真をうつしていただいた。

整理整頓が悪いものだから、戸棚の隅、本箱の手前と、あちこち、その日の気分で散らばっていたのを集めてみて、気のついたことがある。

脈絡なく集めたものが、幼い日、自分が使っていたものに似ているということである。

ゆっくりと思い出すと、割れてしまったが、こういう手塩皿があった。これとよく似た形や色のものを見かけたことがあった。お客用で、子供は使わせてもらえなかったが、こんなのがお正月には私たち子供の前にも並んでいた——ということを思い出した。いってみれば、私の皿小鉢集めは、思い出と、昔、使わせてもらえなかった仇討ちなのかも知れない。

（初出＝「The骨董」第3集　一九八〇年
読売新聞社）

気鋭の骨董商が
器から読み解く向田邦子像

邦子好みの器づかい

大嶌文彦

［西荻窪「魯山」主人］

向田さんが集めた器を見ると、今の若い人の食器に対する感覚とすごく近いことに、驚かされます。

どういうことかというと、普段づかいのための器を探して、気に入ったものに出会ったら、そこに思い切ってお金を使う。自分が食べる器に贅沢をする。それは金額の問題じゃないんです。高いものを使っているから贅沢ということではないですから。

私が向田さんの器コレクションを最初に見たのは、二十年以上も前のことです。雑誌に掲載された写真（38〜45頁）でしたが、ものすごく衝撃を受けました。

その頃、骨董のやきものというと、お茶の道具か、床の間に飾っておくための鑑賞陶器として買う人が多かった。ところが、彼女が持っているのは、そうした「お客さん用の器」や「よそいきの器」ではない。普段の食事に使うもの。自分が食べることを楽しみに選んだ器、つまり「食器」でした。それがとても新鮮だったんです。そういう姿勢は、いまでこそ普通になってきましたが、当時は本当に珍しかった。

器を見ていくと、魯山人の醤油差し、伊万里のご飯茶碗やくらわんかの赤絵、安南の小鉢や青磁の小皿……現代もの、古いものが混在し、一見、統一性がなく、視点が定まっていないようにも思えます。なのに、ふしぎと違和感がない。それは「料理を自分でつくってちゃんと生活していた人の器」だからだと思います。どの皿小鉢もすぐに料理を盛りたくなる。料理も懐石などではなく、家にある材料を工夫した、お惣菜風のもの。そういう

大嶌文彦　おおしま・ふみひこ
1954年生れ。1983年に西荻窪に開店した「魯山」を、大嶌氏は骨董屋でなく「食器屋」という。店内には古い器ばかりでなく現代作家の食器も並ぶ。第一章で使った器は、向田邦子さんの遺品と大嶌氏の協力で集めたものです。

漬け物入れに重宝した片口［下］を手に
1980年　撮影＝田村邦男／新潮社
右頁は食卓を彩った魯山人の醬油差し
共にかごしま近代文学館蔵　撮影＝野中昭夫（下も）

料理が「盛り映え」する器が、見事なまでに選ばれています。

器のかたちで眼をひくのは、随筆のタイトルにもなっていますが、「食らわんか」と呼ばれるちょっと厚手の染付の皿小鉢。染付に限らず、唐津でも安南でも小鉢で形が似たものを買っていらっしゃる。絵柄も、細かなものではなく、さっと勢いで描かれたような、筆が走っているものが多い。自らの料理を「早いが取り柄手抜き風」と表現した向田さんが、いかにも好みそうなものです。

全体のトーンは、雑器が多いこともあって素朴で渋い。けれど、食器というのは取り合わせなんですね。だから、いくら普段着の食卓とはいえ、たまに、ちょっと華やかなのが欲しくなる。

そう思って、器コレクションをみるとちゃんと縁に赤い丸が点々と入ったかわいらしい赤絵の小皿などがあるでしょう。お皿の縁の柄というのは、料理を盛りつけたときに、一番気になるところなんです。

魯山人作の赤い醤油差しにしても、当時はガラスのものが普通でしたから、その色味に惹かれたのではないかと思います。「魯山人」という名前にではなくてね。桃色の花の絵が描かれた伊万里のご飯茶碗にしても、食卓にちょこっと色気を差し込むところが洒落ていて、とても奥ゆかしい。

ときどき、ふつうの女の人の器えらびとちょっと違う、少しどぎつい色絵がまじっていたりもする。タイなど南の方のやきものです。それがなんというかまた独特の艶っぽさを感じさせるんです。

日常にほんの少しスパイスを加えるそうした器は、旅先で買ってきたそうですね。タイからは、派手な花柄の台皿や「宋胡《すんこ》録《ろく》」と呼ばれる小さな壺。それに、器ではないですが、リビングでテーブルとして使っていた太鼓（45頁）もタイで買ったものでしたよね。

旅先では必ず市場をのぞいていたのではないでしょうか。威勢のいいかけ声とともに並ぶ食材を、興味津々に眺めながら歩く。雑踏の中で人とふれあうのが大好きで、普段の暮しでも小さな店やスーパーをひょいとのぞかずにはいられない――向田さんの集めた器を見ていると、ついそんな想像をしてしまいます。

向田さんにお会いしたかったですね。

私は器を見て対話し、勝手に想像してる

菓子皿として使っていた塗りの皿いろいろ
撮影＝野中昭夫（この見開きすべて）

だけですが、もし向田さんの人となりと一致しているのだとしたら、本当に自分に正直にものをえらんでいた証拠です。

じつはこれは意外とむずかしい。いろいろ買うと目が肥えてくるから、これはちょっと時代が古そうだから買っとこう、とか、そういう選び方をしたものもでてくるものなのです。だけど、向田さんの場合は、徹底して自分の生活を基準にしている。

「芸術新潮」に書いた東京美術倶楽部での買い物のエッセイ（56～60頁）を読むと、それがよくわかります。値段を見ると、これがけっこうすごかったりするんですけど、向田さんにとっては、値段は最終的には、あんまり関係なかったんだと思います。

自分で稼いだお金が懐にある。目の前に〈背筋がスーとして総毛立った〉器がある。値段を見る。よし、買える。あるいは、ちょっと高いけど、また稼げばいい、買おう。それ以上でも以下でもなかったのでしょう。

脇役にもかなり凝っていますよね。ご自分はほとんど煙草を吸わなかったというのに、来客用の灰皿には気をつかっていると書いてます。実際、灰を落とすのが憚られるような器を、灰皿として使っていらしたようです。

お茶一杯飲むのも、器と一緒に楽しんでいたように思います。魯山人の湯呑や、二十個以上残っているそば猪口など、気分で変えながら、日常生活で惜しげもなく使っていらしたのでしょう。「水羊羹」というエッセイのなかでも触れているように、水羊羹を食べるときの器はこれ、お茶を入れるのは白磁のそば猪口、ときっぱり決めていた（52～53頁）。

向田さんの器は、料理が盛られてこそ真価を発揮するものです。この章に掲載された器も、第一章の手料理を思い浮かべながら、もう一度見てください。〈それが身のまわりにあることで、毎日がたのしいかどうか、本当はそれでいいのだ〉（「眼があう」）と語った向田さんの好みが、よりいっそうはっきりと見えてくるのではないかと思います。［談］

灰皿代わりにしていた2点
双魚の青磁の皿［上］とタイで買ってきた花柄の台皿［左］
かごしま近代文学館蔵

邦子さんのお茶の時間

南青山の自宅でお気に入りの椅子に座って
1971年頃

湯呑にも小鉢にもなった
そば猪口の数々
急須も大小持っていた
かごしま近代文学館蔵
撮影＝野中昭夫（左頁右下も）

魯山人の湯呑を手にリビングのソファでくつろぐ
1979年　撮影＝野上透

［上］お客様が来ると、大きな角皿に数種類の干菓子を品よく盛りつけて出していた　とくに青山「菊家」のものがお気に入りだった　撮影＝坂本真典
［右］晩年愛用した湯呑　右上は魯山人の湯呑

水羊羹を食べる時は……

水羊羹は、ふたつ食べるものではありません。口あたりがいいものですから、つい手がのびかけますが、歯を食いしばって、一度にひとつで我慢しなくてはいけないのです。（中略）

　心を静めて、香りの高い新茶を丁寧に入れます。私は水羊羹の季節になると白磁のそばちょくに、京根来《ねごろ》の茶托を出します。水羊羹は、素朴な薩摩硝子の皿か小山岑一さん作の少しピンクを帯びた肌色に縁だけ甘い水色の和蘭陀手の取皿を使っています。（中略）

　すだれ越しの自然光か、せめて昔風の、少し黄色っぽい電灯の下で味わいたいものです。ついでに言えば、クーラーよりも、窓をあけて、自然の空気、自然の風の中で。

　ムード・ミュージックは何にしましょうか。私は、ミリー・ヴァーノンの「スプリング・イズ・ヒア」が一番合うように思います。この人は一九五〇年代に、たった一枚のレコードを残して、それ以来、生きているのか死んだのか全く消息の判らない美人の歌手ですが、冷たいような甘いような、けだるいような、なまぬくいような歌は、水羊羹にピッタリに思えます。クラシックにいきたい時は、ベロフの弾くドビュッシーのエスタンプ「版画」も悪くないかも知れませんね。（中略）

　水羊羹が一年中あればいいという人もいますが、私はそうは思いません。水羊羹は冷し中華やアイスクリームとは違います。新茶の出る頃から店にならび、うちわを仕舞う頃にはひっそりと姿を消す、その短い命がいいのです。

水羊羹『眠る盃』

小山岑一作のお気に入りの器に、
向田さんが大好きだった
東京・青山「菊家」（☎ 03-3400-3856）の
水羊羹をのせて
撮影＝坂本真典

テーブルいっぱいに宋胡録を並べて

宋胡録大集合！
かごしま近代文学館蔵
撮影＝野中昭夫

タイから持ち帰った宋胡録

十年ほど前に、アンコール・ワットを見物にゆき、タイ国を廻ってきたが、小遣いの全部をはたいて、宋胡録《すんころく》の小壺を八十個ほど買ってきた。

大きなのを一個欲しかったのだが、見る目がないのと、帰りにもし割ってしまったらどんなに気落ちするだろうと考えたこと、一個を買うより、たとえ駄もの安ものであろうと、八十個を買う楽しみの方を取ったのである。

帰国してから、友人の紹介で、小山冨士夫氏が見て下さることになった。物知らずというのは恐ろしいもので、お言葉に甘えて私は鎌倉のお宅にみかん箱いっぱいの小壺を持ち込んだのである。

氏は、私がもう結構です、と恐縮するほど丁寧に一個ずつ手にとって見て下すった。大は高さ十二センチから小は一センチ二ミリの白磁の壺である。

「この三つは、ミュージアム・ピース（美術館もの）だね」

というお墨つきをいただき、夕食のご馳走にあずかったのだが、豪快に盃を口に運びながら、小山氏はこういわれた。

「君の選ぶものは、みんな形が似ているねえ」

自分では気がつかなかったが、たしかにその通りである。いずれもずんぐりむっくりした、肩の張った丸い壺ばかりである。スーと伸びた、いわゆる鶴首《つるくび》の系統は一個もないのである。

そういえば、これも無理算段をして買った李朝白磁の三つの壺も、ひとつは提灯壺、ひとつはソロバン玉とよばれる形で、ほっそりしたのはない。

鼻筋紳士録『父の詫び状』

ある日の器さがし

1978年の東京美術倶楽部の歳末売立て会場　さて向田さんはどこに?
答えは左端から3人目、横顔の女性　撮影＝松藤庄平／新潮社(56～60頁)

エッセイ＆写真再録

負けいくさ

東京美術倶楽部の歳末売立て

向田邦子

東京美術倶楽部の歳末売立ては毎年覗いているのだが、出掛ける前に必ずすることが三つある。

まずしっかりご飯を食べてゆく。

何しろ夥しい点数なのだ。玉も石も一緒くたになって東京美術倶楽部いっぱいに詰って、建物全体が唸り声を立てている。見て廻るだけで体力と気力がいる。

第二に現金を置いてゆく。持っているとつい気が大きくなり、差し当って不用のものまで買い込んでしまう。

第三は、わがマンションの本箱や寝室にまで溢れているガラクタを打ち眺め、「もうこれ以上は皿一枚も収納出来ないのだぞ」と、我と我が身に言い聞かせるのである。どこからか聞えてくる、

「買ってくるぞと勇ましく」

という軍歌に耳をふさぎながら、「絶対に買わないぞ」と誓って家を出るのである。

ところが、第一室で早くも砂張《さはり》菓子器が目に飛び込んできた。こう数が多いと、集団見合いのようなもので、いちいち丁寧に身許を確かめてはいられない。艦橋に立つ連合艦隊司令長官のごとき心境でゆったりとあたりを見廻し、目の合ったものだけを手に取る。

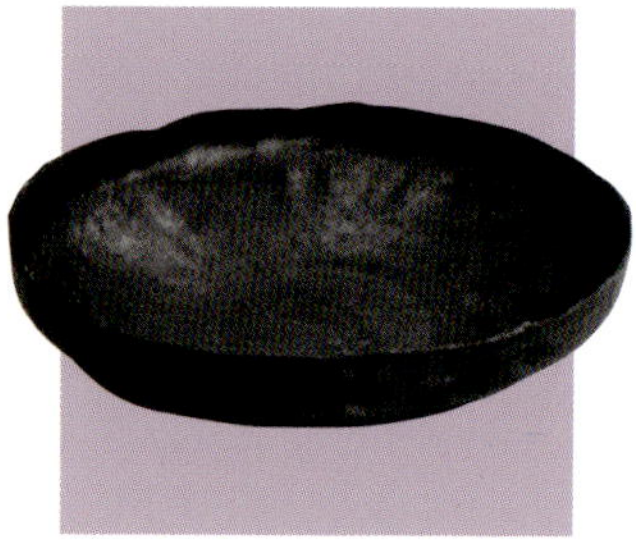

この砂張は時代は大したことはないらしいが、打ち出しの具合が素朴でいい。私はこれを灰皿にしたいと思った。うちの客で、パイプを灰皿に打ちつけるのがいる。気に入りの双魚《そうぎょ》の青磁の皿をガンガンやられて肝を冷やしたことがあったので、あの客がきたらこれで仇討ちをすることにしよう。仇討ちに二万円は勿体ないが、飽きたら菓子器にすればいいの

である。

　みごとな根来《ねごろ》の台鉢がある。うちが広く暮しにゆとりがあったら、これも持って帰りたい。古九谷角皿（五客）。これは「あ」と声が出た。

　私のように知識も鑑定眼も持ち合さない人間は、体で判断するほかはない。背筋がスーとして総毛立ったら、誰が何と言おうと、私にとっては「いいもの」なのである。思わず「あ」と声が出たら、「かなりいいもの」なのである。

「あ」と声の出たもの全部を買えたら、しあわせであろうが、不幸なことにそういう品は値段の方も「あ」と声が出るのである。いいものは値段の方もいいのは当り前のはなしで、「ああ……」と、こちらの方の「あ」は少し尾を引く悲しい声になって、寂しく見送るより仕方がない。

　唐木机にも心をひかれた。端正ななかに、ピンと張りつめたものがある。三匹の猫に占領されている六畳を、あの連中がくたばったら和室に改装して、この机を置き、抱一《ほういつ》の結び柳の軸を懸け、昼寝をしたらどんなにいい気分かと一瞬夢に描いたが、三匹共食慾旺盛である。当分見込みがないので、これも諦めることにした。

　拾いものはカシミール裂《ぎれ》である。十九世紀あたりと思われるディズリー文様の織二点、刺繍三点をはめ込んだ小額が三点で一万八千円なり。実は、私が黒幕兼ポン引きで赤坂にお惣菜と酒の店をやっている。そこの壁面がひとつ空きになっていた。ほかに飾りはペルーとエジプトの古代裂（エジプトのものは少々うさん

右頁上から、唐木机（16万円）、
砂張菓子器（2万円）、
安南香合（7万円）
左頁上から、唐津茶碗（30万円）、
古九谷角皿（5客で21万円）、
根来の台鉢

臭い）だけだから、これにカシミールを加えると楽しいことになりそうだ。

古染付菊図皿（五客）は、古という字をつけるのはいかがかと思われたが、これに柿を盛ったらおいしいだろうな、と思ったのが運の尽きで、気がついたら売約済みの札を貼ってもらっていた。

こんな筈ではなかった。だから貯金が出来ないのだぞと自分を叱りながら、あまり見ないようにして歩いていたら、またひとつ目に飛び込んで来た。

安南仕込茶碗。

上は安南仕込茶碗（15万円）
下は古染付菊図皿（5客で6万3000円）

見た途端、耳のうしろを、薄荷《はっか》水《すい》でスーとなでられた気がした。

緑釉《りょくゆう》の具合が何とも言えない。小振りで、私の掌におだやかに納まるのも嬉しくなる。嬉しくないのは値段だけである。すでにして予算は大オーバーなのである。目をつぶって行くことにした。ところが、またまた軍歌で恐縮なのだが、こういう時必ず聞えてくるのである。

「あとに心は残れども
残しちゃならぬこの体
それじゃ行くよと別れたが
ながの別れとなったのか」

身分不相応といったんは虫を押えるが、耳のうしろがスーとしたものは、必ずあとに心が残るのである。あとになって、もう一度欲しい、何とかして頂戴とジタバタしても、それこそ一期一会。二度と私の手には入らないのである。

劉生の軸ものの小品。ルノアールのサムホール……。あの時、もう一息の度胸がないばかりにと臍《ほぞ》を噬《か》んだことを思い出して――「これも包んで下さい」と言ってしまった。

またしても克己心は誘惑に負けてしまったのである。

（初出＝「芸術新潮」一九七九年二月号　新潮社）

姉の包丁さばき

姉自慢……その一

向田和子

包丁と俎の奏でる音が好きだったのだろうか。

　姉はリズミカルな小口切り、千六本が得意で、お気に入りだった。

　歯ぎしりの音が聞こえてきそうな、ものすごい形相だった。

　――速くないと面白くない。リズミカルでないと、つまらない。手際よくないと不満。

　そんな気配をあたりに漂わせ、小気味よく音を立てていた。

　千六本を思うように終えると、

　――どんなもんだ！　うまいでしょう！

　止めていた息を吐き出すように少しばかり鼻をふくらませ、見せびらかす。その姿はお茶目で、可愛く、面白く、私はうれしくなった。

　母と姉の立てる朝の台所の音、鰹節と味噌の香りとともに私たちは大きくなった。

■ ■ ■

　生まれつき包丁つかいがうまかったわけではない。でも、刻みものは邦子と決まっていた。邦子がやるものと母に思いこませていたのだろうか。邦子がやりたがり、母はほとんど邦子にまかせていた。

　うまくなりたいと思ったら、努力を惜しまない。ぼんやりやりつづけても上達はしない。のみこみが早い。勘もいい。工夫もしたかもしれない。それは、包丁つかいだけでなく、姉のやることすべてに共通していたように思う。

　関心があったり、好きなことは目ざすところまで面白がる。楽しんで、ひとヤマ越えると、ちょっぴり自慢し、トコトン最後までつづける。

　台所仕事に限っていうなら、そんな邦子の性分と、おっちょこちょいで、おだてに滅法弱いところを、母はよくわかっていた。したたかで、役者が一枚上手で、褒め上手だった。母はそんな姉を頼りにしていた。

姉の下働きだった私は、姉の手伝いを嫌だなと感じたことはなかった。専門はかたづけだった。盛りつけをまかされても姉の真似で、調理助手だった。下ごしらえをしたこともあったが、一品をまるごとこしらえた記憶はほとんどない。


天下分け目、という大切な味つけのとき、姉は必ず声をかけてくれた。それは火かげんだったり、鍋の動かし方だったりしたが、姉は私を置いてきぼりにしたりせず、お手本を見せてくれた。

台所の主はあくまでも母である。邦子は母の意に沿い、手伝いに徹していたように思う。父の好みの味があり、向田の家の味があり、それが〝おふくろの味〟だった。その領域はおかさない。姉はそのように振る舞い、わきまえていた。私は姉のそういうところを見習いたい、真似したいと思った。

就職してから、姉は忙しくなり、台所に立つ時間は短くなった。それでも、正月やお客さまがみえるときは、疲れを見せず、喜んで献立を考え、買物を引き受け、台所にはむかしながらの姉の姿が見られた。

リズミカルな小口切りや千六本が得意だった
「ままや」にて　1980年　写真提供＝主婦の友社

■ ■ ■

「おいしいものを食べに行かない。ごちそうするから」

姉から声がかかる。飾りのない、姉のまっすぐな気持が伝わって来て、心は弾んだ。そして、邦子はいつまでもお姉さんのままで、いつもごちそうしてくれた。

連れてゆかれた先が、ラーメン屋さんということもあった。

どんぶり一杯のラーメンも、

「この麺の茹で方はいい」

「このつゆの醤油の香りと麺のきりっとした感じは上等ね。好きなだけネギが入れられるのもいいじゃない」

早口で言う。食べるのも速い。そのうえ、目敏い。

カウンターに座って、職人の手際を見ている。主人の顔つき、大鍋のスープの材料、チャーシューの煮込み具合……さりげなく見定めて、店を出る。店の中をキョロキョロ見渡すのではなく、瞬時に見極める。姉の特技であり、天性の食いしん坊の証拠だと思った。

店を出たあとの解説が、またおかしかった。職人の手つきを真似し、主人の特徴を的確にとらえ、あだ名までつける。笑っているうちに一杯のラーメンでお腹は満たされた。

簡単ですぐ出来る一品、それは姉に教えられたことだ。

たとえば人参や玉ねぎの細切り、キャベツのざく切りに塩を振って、しばらく重石をして絞り、ドレッシングで和えたもの。日本橋「たいめいけん」の定食につく、おまけのサラダ。「つくってみてよ」と姉に繰り返し言われた。そのうち約束のようにきつく念を押され、やってみないのも気が引けた。実際につくってみたが、見透かされたように、

「出来はどう？　今度、ごちそうしてね」

とチェックが入る。

私は記憶力はよくないし、メモもとらない。すぐつくらないと忘れてしまう。それでも、ごちそうになった「鶏肉とカシューナッツ炒め」はこっそり試してみた。

すると電話が入る。

「ううん、まだ、あれは……」

姉の声のトーンがとたんに下る。

「ふぅ～ん、そうか。カシューナッツはお母さんには固いから、別のものにかえてみるといいかもしれないよ」

こんな具合にごまかしはすぐにばれた。だから、ちゃんとつくってゆき、簡単料理の私のレパートリーは次第に増えていった。

「もっとおいしいもの、値の張る、手のこんだものをごちそうしていたのに……」

姉のちょっとむくれた顔が目に浮かぶ。小川軒、吉兆、ビストロサンノー……ちゃんとしたところへ姉は連れて行ってくれた。ちょっとむくれるのも無理はない。

いつ、どんなときにごちそうになったか、しっかり覚えている。不思議なことに、ふとしたきっかけで姉のちょっとむくれた顔が甦る。ごちそうになったものを口にすると、記憶はよりいっそう鮮明になる。胃袋にも記憶が残っていて、お腹が騒ぐ。

ごちそうは私の元気のもと。自然と力が湧いてくる。こんな特技は、きっと私だけのものではない。姉ゆずりだと思っている。

終の住処となった南青山のマンションには、李朝の白磁の壺や大好きだったという画家・中川一政の書などが飾られ、部屋を見回すと、大量の本に混じって気の利いた小物がそこかしこに。実家から連れてきたシャム猫の雌と、旅行先のタイで目をつけ、拝み倒して日本へ送ってもらったコラット種の雌雄猫と共に過ごし、ブランド崇拝ではなく良質の服を品よく着こなす――その暮しぶりからは、〝自分らしさ〟を大切にした向田さんの姿がしのばれます。

第二章 お気に入りにかこまれて

南青山のマンションのリビングで愛猫と
撮影＝鳥羽和男

ダンボールが
たくさんおかれていた。

作りつけの戸棚

作りつけの棚
本やレコード、宋胡録がならんでいた。

広雄鶏社の退職金で
買った机。
ずっと持ち続けていた。
領収書や文房具など
いろんなモノがごちゃごちゃ
していた。

TVの上に
根来の漆器があり、
“和子さんへ”という
茶封筒入りの
遺言状があった。

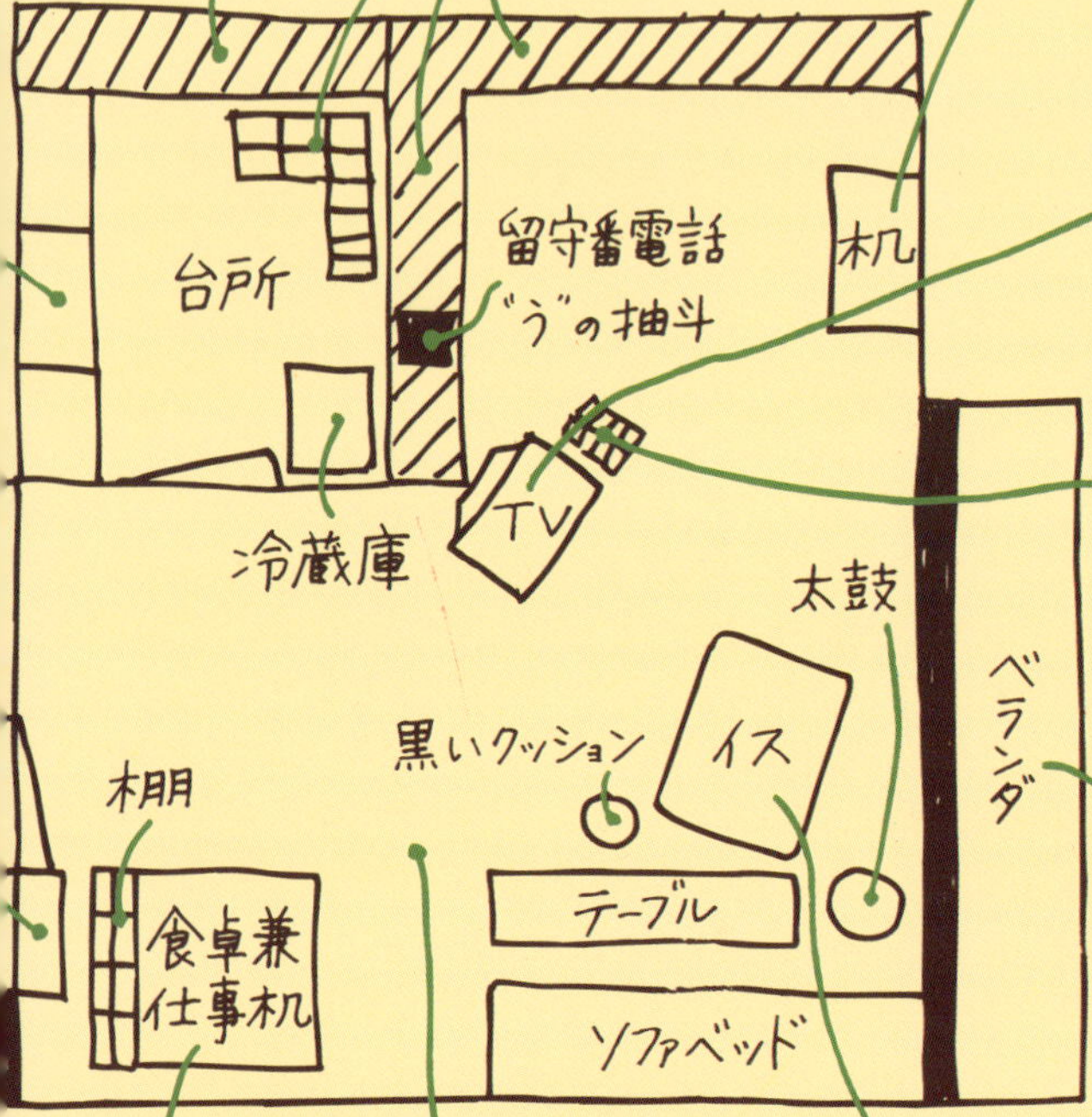

横にはビデオテープが
山積みに。
本人はどこに何があるか
分かっていたらしい……。

ベランダはガラス戸で
仕切られていて、
外へ出られるように。

リビング&台所(20畳くらい)
ベージュ色のじゅうたんが
敷いてあった床。

誰かからせしめたと
思われるイス。
大のお気に入りで
ここに座ってTVをみていた。
座り心地はGOOD。
肘を置く部分は
革でベージュ色。

読みかけの雑誌や本の
置き場と化していた。
仕事のときは、
原稿用紙を広げる分だけ
スペースをつくっていた。

邦子の部屋

十年ほど前に、少し無理をして
マンションを買った。
気持のどこかに、うちを見せたい、
見せびらかしたいというものが
働いたのであろう、
あのころの私はよく人寄せをして
嬉しがっていた。

「食らわんか」『夜中の薔薇』

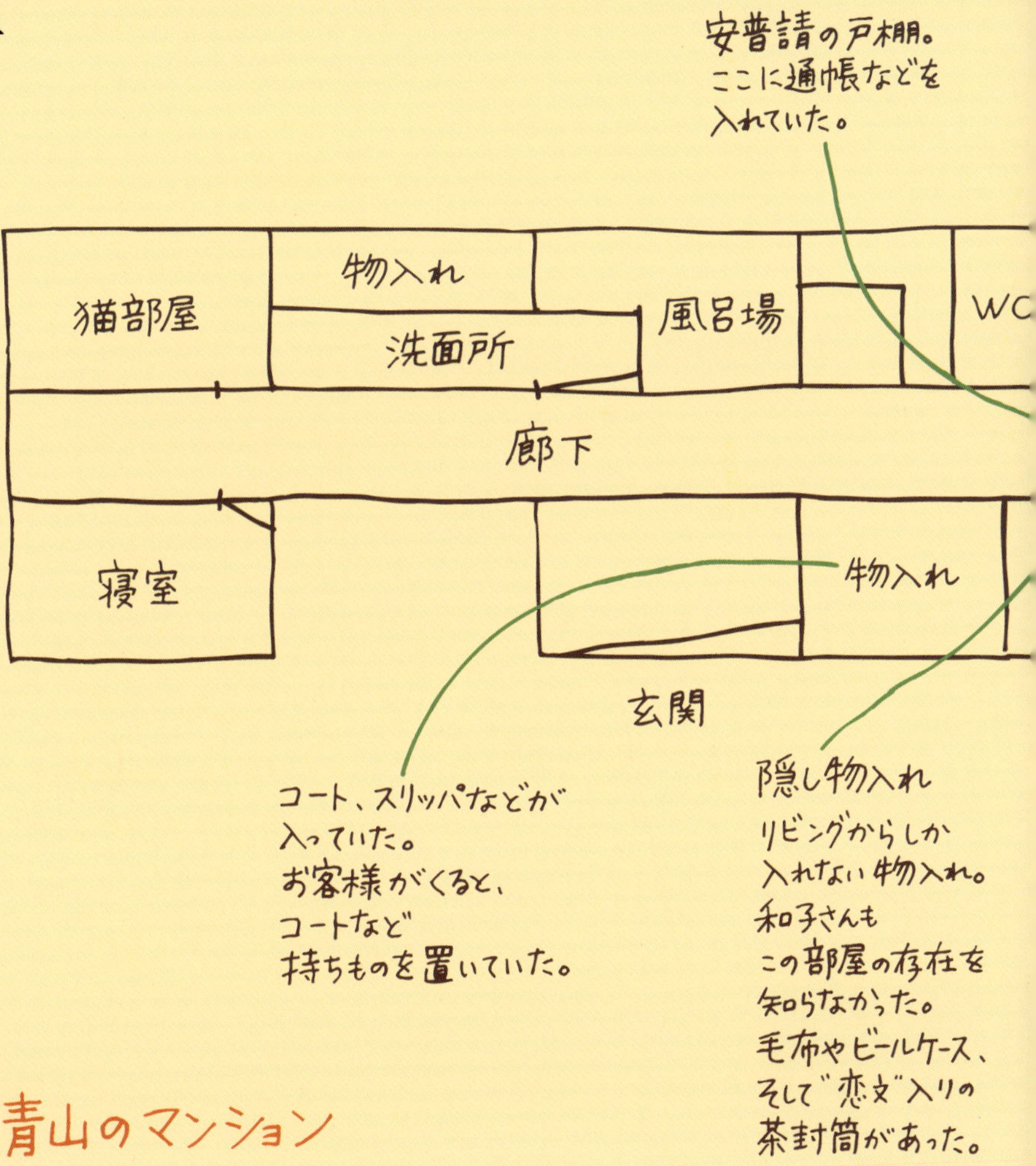

コンロが二つあり、シンクは二層式。ゴミシュートもついて、とても便利だった。
安普請の戸棚。ここに通帳などを入れていた。
物入れ
猫部屋
洗面所
風呂場
WC
廊下
寝室
物入れ
玄関
コート、スリッパなどが入っていた。お客様がくると、コートなど持ちものを置いていた。
隠し物入れ
リビングからしか入れない物入れ。和子さんもこの部屋の存在を知らなかった。毛布やビールケース、そして"恋文"入りの茶封筒があった。

南青山のマンション

向田画廊へようこそ

玄関を入ってすぐのところに中川一政の書、リビングへ続く廊下の壁には山本梅逸の日本画、突き当たりには、片岡球子の富士山の絵、部屋の中には長谷川利行の油絵やイコン、藤田嗣治のリトグラフ……展覧会へ出かけるのが好きだった邦子さんの住まいは、たくさんの絵や書で彩られていました。

イコン

中川一政の書画

どうしても手元に置きたくって
奮発しちゃった、いいでしょう！
たまには自分にごほうびを
あげてもいいと思って……。

（向田邦子）

李朝の
白磁の壺

向田さん宅には、中川一政の
書画がいくつかあった　左上の作品は
リビングにかかっていたもの
3点ともかごしま近代文学館蔵
撮影＝野中昭夫

自宅マンションの廊下で愛猫マミオと
正面は片岡球子の富士山の絵
１９８０年　撮影＝田村邦男／新潮社

かごしま近代文学館蔵

欲しくて欲しくて手に入れた 長谷川利行《少女像》

エッセイ再録

利行の毒

向田邦子

はじめてこの人の絵を見たときは、ほんとうにびっくりした。

凄い、と息をのみ大きなため息が出た。うまいとか下手を通り越してぐんぐんと迫ってくるものがある。恥も外聞もなく叩きつけるようなものを感じて、背筋が寒くなった。

「こういう絵を描く人は、畳の上では死ねないわね」

冗談でこう言ったら、絵にくわしい友人がその通りだという。

何も知らずに、ゴッホが頭に浮かんで出まかせを言ったのだが、偶然にも当っていた。

長谷川利行は、一九四〇年十月十二日、行き倒れとして板橋の養育院で息を引きとっている。四十九歳であった。肉親知人の看とりもなく、わずかな遺品であったスケッチブックや日記も焼却されている。ただひとりの肉親であった弟も行方不明であったため、その遺骨は五年後の東京大空襲の爆撃で空中に散ってしまったという。

浪浪、酒、借金、無頼、孤高。そして貧窮。

ぬくぬくと、俗っぽく事勿れ主義で生きている私などには縁の遠い字が、この人の人生を彩っている。私もお金に不自由したことはあるが、この人のはケタが違う。ルンペン同然、そばへ寄ると体が匂い、知人宅に押しかけて押し売り同然に自分の絵を売りつけ、帰ったあとには必ずシラミが落ちていたという。

私がこの人の絵を一枚欲しいと思うようになったのは、自分が逆立ちしても出来ないものに憧れたからであろう。毒を持たず、日向で昼寝しているカナヘビが、キングコブラに惚れてしまったのかも知れない。

利行は、中学四年で中退という学歴だが、中学三年のときに同人雑誌を発行、詩、短歌、小説を書くという早熟振りであった。

己が身の影もとゞめず水すまし河の
流れを光りてすべる

かみそりを研げばおのづと醜水《しこみず》に砥
石ねばりて刃をかへす音

桃みのる夏のわくら葉日は暑し山の
微動に蟻は動かず

こういう繊細な作品を残している。

この絵は、カステラの折箱の箱らしいものに描いた小品である。

十年つきあったせいか、ダイナミックな色のあいだから、女の子の泣いたような顔が見えるときがある。

（初出＝「婦人公論」一九八〇年七月号 中央公論社）

一緒に実家を出てきた
シャム猫「伽俚伽」

猫と暮して

いつも向田さんのそばにいて、
生活を共にしたのは猫たちだった。
その姿を秘蔵の写真でご覧下さい。

タイからやってきた
コラット種の雌雄
「マミオとチッキイ」

［上］一人暮しを始めた
霞町のアパートで
［下］伯爵の称号を持つ
マミオとその夫人

「伽哩伽」の名は邦子さんの父がつけた十六羅漢のうち、ただひとりの女の仏様の名前からとったらしい

また猫を飼いたいと言い出した時、反対したのは父であった。

「俺の鳥と金魚はどうなるんだ」（中略）

幸い伽哩伽は、鳥も盗らず金魚も狙わず、結構可愛がられて、父との間もうまく行っていたが、飼主の私が父と言い争いをして、家を出ることになってしまった。

私は、身のまわりのものと、共同所有ではない伽哩伽だけを連れて家を出た。（中略）

アパートは霞町にみつかった。

ひと月後、母に引っぱられるようにして、父が部屋を見にきた。伽哩伽は、うれしいのだろう、怒ったように烈しく啼き、父の足にからだをすりつけてぐるぐる回っていた。父は何もいわず伽哩伽の背を撫でていた。

伽哩伽『眠る盃』

向田さんと愛猫四変化

邦子の〝猫自慢〟

『眠る盃』より

「コラット」を初めて見たのは三年前である。アンコール・ワット見物の帰り、バンコックに寄り、シャム猫協会会長クン・イン・アブビバル・ラジャマートリ夫人宅を訪問したのが、思えば運の尽きであった。熱帯の芝生の上をころげ廻って遊ぶ銀色の猫を見て「感電」してしまったのである。あとはタイ式の合掌とエア・メールで押しの一手、あまたのアメリカ人のライバルを蹴落して、十カ月目に生後三カ月のコラットの雌雄をゆずり受けた。

雄はマハシャイ（タイ語で伯爵）の称号を持ち名前はマミオ。雌はやや小柄な美女でチッキイ夫人という。

チッキイ夫人と仔猫たち　未熟児の猫が生まれると、母猫が見向きもしなくなるため、向田さんがつきっきりで世話をし、一週間ベッドで寝ずに過ごしたことも

結婚は一年に一度か二度。先日は「沖縄の本土復帰恩赦」と称して、夫妻に二カ月間の同居を許可した。生きるものの自由な生活を束縛するのは決して本意ではないのだが、何しろ我が伯爵殿は「増やす」ことよりほかにすることはないのだから、飼主としてはたまらない。

私とて、銀色のオハギのような仔猫を抱かせて戴きたいのはやまやまなのだが、出産育児につい専念してしまって、原稿生産量はとたんに低下する。生活苦におちいり税金も払えないでは、人畜共倒れであるから、仕事のあい間を見ての計画出産になるのはやむを得ない。それでも、すでに二十二匹のコラットが誕生、（中略）時折、深夜の電話で、互いに我家の猫ののろけを言い合っている。

ドラマ「源氏物語」の収録現場で　1980年　撮影＝田村邦男／新潮社

コインで作った愛用の指輪

ほとんど指輪はしなかったが、
これだけは特別だった
撮影＝野中昭夫

さりげないおしゃれ

欲しい服が見つからなければ、自分で作ってしまう。ブランドのものだろうがなかろうが、いつもシンプルで着心地のいい服を身につけていた。

仕事着には元手をかけた「勝負服」

［上］かごしま近代文学館に展示された「勝負服」　スタンドカラーの衿、左右の大きなポケット、絞り込んだ袖口、チュニック丈など、随所に工夫がちりばめられている　撮影＝野中昭夫
［右］向田さんの勝負服姿

勝負服。

競馬の騎手がレースの時に着る服である。赤と黄色のダンダラ縞であったり、銭湯のタイルも顔負けの大きなチェッカー・クラブだったり、兎に角遠目でも誰と判る極彩色の賑々《にぎにぎ》しい服である。（中略）

私の勝負服も本当はあれがいいのである。ピカピカ光るナイロン地の極彩色の服なら、とてもそのまま、おもてへは出られないから、仕事の能率は上るだろう。だが、一人暮しの悲しさで、ドアをあけた御用聞きが肝をつぶすにちがいない。第一、着ている私も気恥しいし、気持が昂揚しすぎてしまって、やっぱり駄目だろう。

そんなこんなで、私の勝負服は地味である。無地のセーターか、プリントなら単純な焦々しないもの、何よりの条件は着心地のよさと肩のつくりである。冬ならセーターだが、軽くて肩や

気に入ったシャツは
色違いで揃える
スカーフづかいも
巧みだった

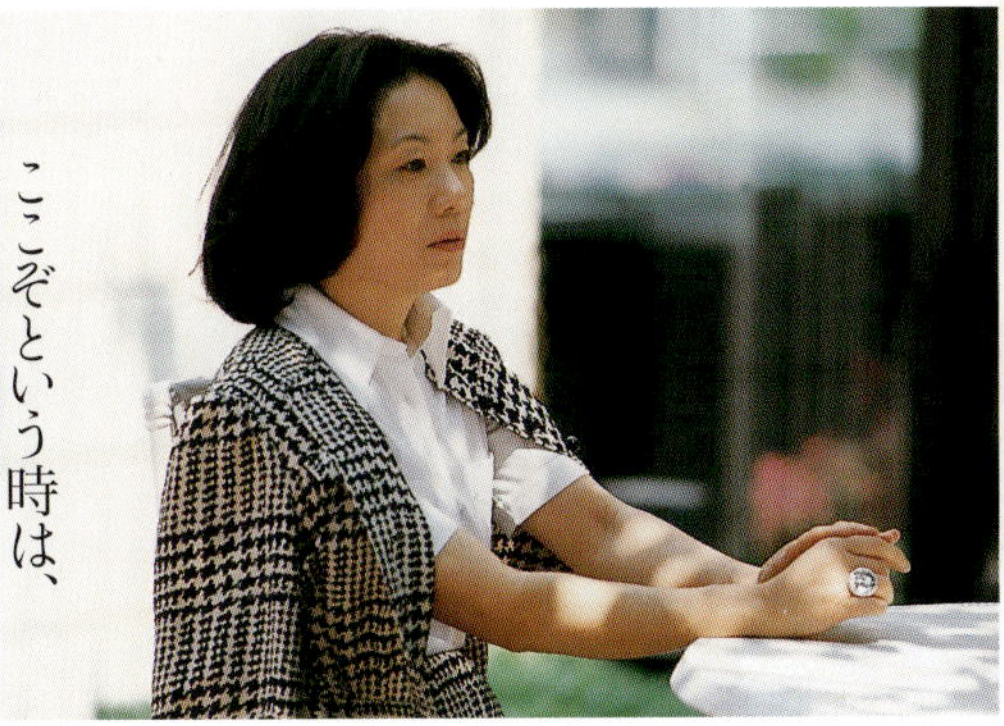

ここぞという時は、
皇后美智子様の
デザイナーで
親しい友人だった
植田いつ子さんの服で

［上右］エルメススポーツのシャツとフェンディのスカーフ　かごしま近代文学館蔵　撮影＝野中昭夫／［上］たとえばこんな風にスカーフをあしらう／［右］千鳥格子のスーツを品よく着こなす　1980年

袖口に負担のならないもの。大きな衿は急いでペンを動かすとき、揺れるので嫌。袖口のボタンも駄目。体につかず離れずでなくてはならない。普段はだらだら遊んでいる癖に〆切りが迫ると一時間四百字詰め原稿用紙十枚でかき飛ばす悪癖があるのでどうしてもこういうことになってしまうのである。乏しい才にムチをくれ、〆切りのゴールめざして直線コースを突っ走っているのである。

　視聴率というウサン臭いもので計られるバカバカしさ。一瞬のうちに消えてしまう潔さとはかなさ。テレビは競馬と似ていなくもないのである。

　多少の自嘲の意味もこめて、私は勝負服にはもとでをかける。よそゆきよりもお金をかけて品質のいいものを選ぶのである。そんな勝負服がドレッサーの抽斗に三ばいほどになった。

勝負服『眠る盃』

向田さんの身近には、愛らしい猫の置物や、洒落たペーパーナイフなどがさりげなく置かれていた　老眼鏡は、金、銀、鼈甲等、いろんなフレームのものを、銀座の松島眼鏡店で作っていた
かごしま近代文学館蔵（この頁全て）

机まわりの小物いろいろ

鉛筆立ては、ケニアで買った腕輪
右下は人が使い込んだものを貰い受けた万年筆の数々
撮影＝野中昭夫（この頁全て）

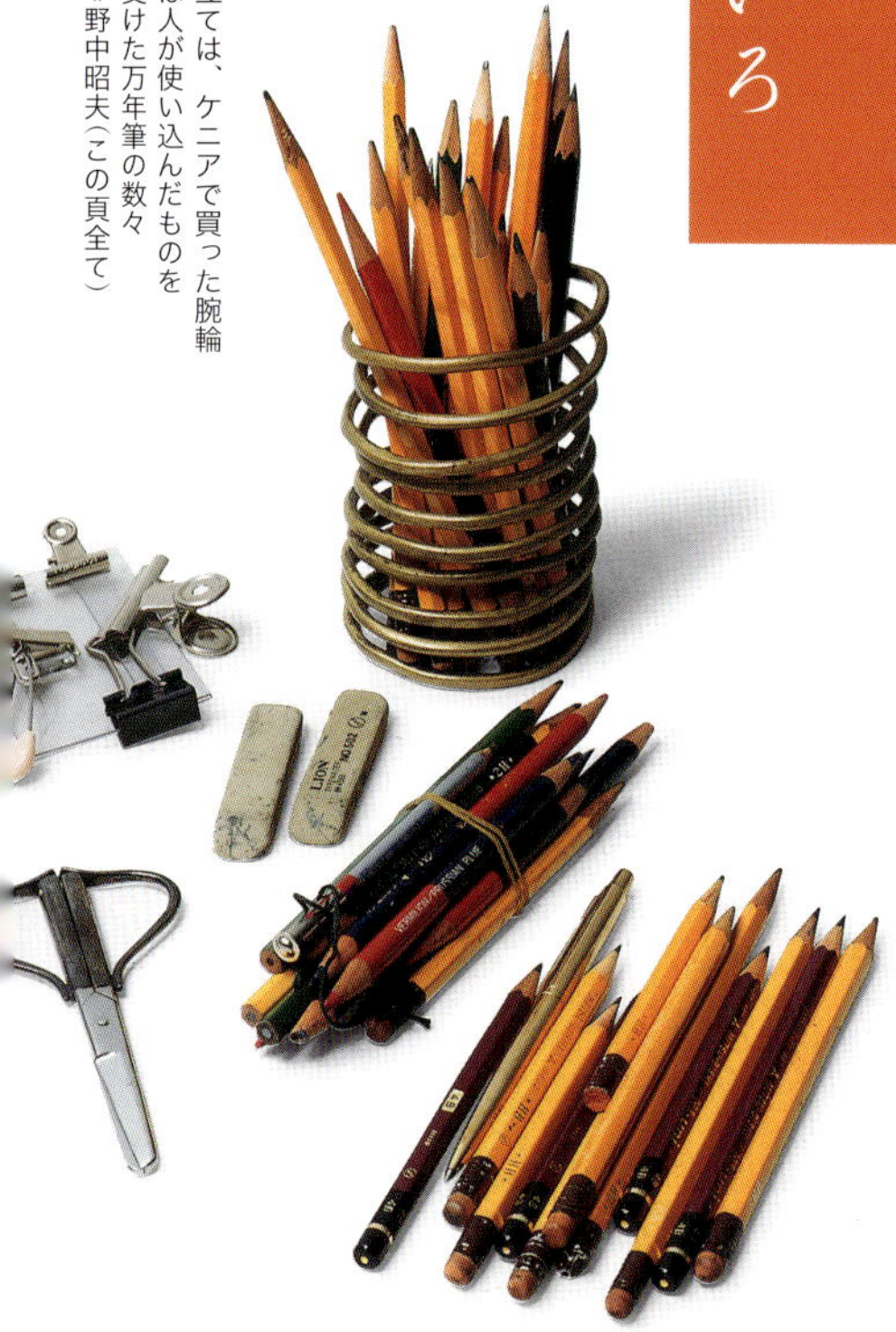

「君はインク瓶の中に糸ミミズを飼っているんじゃないのか」と言われるほど、だらしなく続いた字を書くせいか、万年筆も書き味の硬い細字用は全く駄目である。大きな、やわらかい文字を書く人で、使い込んで使い込んでもうそろそろ捨てようかというほど太くなったのを持っておいでの方をみつけると、恫喝《どうかつ》、泣き落し、ありとあらゆる手段を使って、せしめてしまう。使わないのは色仕掛けだけである。

出版社に勤めるかたわらラジオの台本を書き始めてから二十年になるが、映画評論家の清水俊二氏からせしめたのを掠奪第一号として、以来、十本以上の戦利品をものにして、これで間に合せてきた。

縦の会『無名仮名人名簿』

向田さんの執筆机　1980年
撮影＝田村邦男／新潮社

たくさんの"うまいもの"情報が入っていた
かごしま近代文学館蔵　撮影＝野中昭夫

「う」の抽斗

リビングの片隅に置かれた七段の整理棚のなかに「う」と書かれた抽斗があった。「う」とは「うまいもの」の略。開けると「仕事が一段落ついたら、手続きをして送ってもらいたいと思っている店のリスト」でいっぱいだった。

◆吉野拾遺
松屋本店
〒639-3113
奈良県吉野郡吉野町
飯貝520
☎0120-41-9280
日曜、祝日、
第2・第4土曜休

◆軽羹&春駒
明石屋本店
〒892-0828
鹿児島県鹿児島市
金生町4-16
☎0120-080-431
無休

◆栗鹿ノ子
小布施堂
〒381-0293
長野県上高井郡小布施町808
☎026-247-2027
年末年始休

◆味噌松風
松屋常盤
〒604-0802
京都府京都市中京区
堺町通丸太町下ル
☎075-231-2884
不定休

撮影＝坂本真典
菅野健児／新潮社

◆鶯宿梅

万玉
〒802-0018
福岡県北九州市
小倉北区中津口2-2-6
☎093-521-7397
日曜、祝日休

◆一と口椎茸

永楽屋
〒604-8026
京都府京都市中京区
河原町通四条上ル東側
☎075-221-2318
月一度、第1または第2水曜休

◆貝焼き

丸市屋
〒970-8026
福島県いわき市
平字4-4
☎0246-22-0182
第3日曜休

◆梅の甘煮（青・赤）

京都瓢亭
〒606-8437
京都府京都市左京区
南禅寺草川町35
☎075-771-4116
本店不定休
別館木曜休

◆つけあげ

勘場蒲鉾店
〒896-0015
鹿児島県串木野市旭町40
☎0120-32-5523
元旦のみ休

◆紀州・梅ぼし田舎漬
◆玉黄金らっきょう
三留商店
〒248-0021
神奈川県鎌倉市坂ノ下15-21
☎0467-22-0045
火曜、第3水曜休
（7、8、12月は水曜休なし）

◆庄内小茄子漬
漬物の梨屋
〒998-0044
山形県酒田市中町2-1-1
☎0234-22-0252
元旦のみ休

◆大吟醸 連峰立山
立山酒造
〒939-1322
富山県砺波市中野217
☎0763-33-3330
土曜、日曜、祝日休

◆仙台長なす漬
岡田食品工業
〒984-8651
宮城県仙台市若林区
卸町1-4-9
☎0120-284-013
日曜休
（月によっては水曜休）

六本木にあったお気に入りの
イタリアンレストランで

行きつけの店

作るのも好きだけど、おいしいものを食べに出かけたり、
お土産に買ってきたりするのも大好きでした。
向田さんが愛した味を楽しめる店へご案内します。

ビストロサンノー

下は絶品のりんごのタルト、
左は虹鱒のくんせい

撮影＝菅野健児／
新潮社（84～87頁）

邦子さんが住んでいた南青山のマンションから歩いて五分のところにある老舗の京料理店。最も足繁く通っていた店であり、オーナーの築山幸子さんとは個人的にも親しかった。「合鴨のロースが大のお気に入りで、『仕事の合間に食べるから』と、お土産になさることもありました。季節のものを食べるのがお好きで、夏だと鱧やじゅんさいをよく召し上がってくださいました」（築山さん）。

湖月《こげつ》

湖月
電話……03-3407-3033
住所……東京都渋谷区神宮前5-50-10
営業時間…18時〜22時（LO21時30分）
定休日……日曜、祝日

上から合鴨のロース、かもなす南蛮煮、かぶら蒸し

素材の味を生かした正統派の仏料理店。オーナーシェフ・砂山忠一氏の夫人で店のマダムでもある美弦さんによれば「向田さんは、TBSでお仕事があるといらしてました。週一回くらいでしょうか。夜だと何人かでお見えでしたが、昼はお一人のことが多かったですね。召し上がるのは、虹鱒のくんせいやオマールエビのクリームソース、舌平目のグラタンマスカット添えなんかで日によって変わりましたが、デザートは決まってりんごのタルトでした」。

ビストロサンノー
電話……03-3582-7740
住所……東京都港区赤坂3-5-8 サンヨー赤坂ビル2F
営業時間…12時〜14時　18時〜22時
定休日……日曜、祝日

右から、出し巻き玉子、かいわれのお浸し、
最後に必ず食べていたという土鍋ご飯

つくしんぼ

向田さんが通っていたのは、西麻布にある本店の「つくし」だが、リニューアルを機に、当時腕を振るっていた料理人が「つくしんぼ」の板場に移った。邦子さんは、いつもカウンターの一番奥の席に坐って、カウンターの中を覗き込みながら食べていた。上の「かいわれのお浸し」を初めて食べた時には「どうしてピリッとしているの？ どうやって作るの？」と何度も訊いたという。「うちでは、おつゆにわさびをすったものを入れているからね。食べただけではわからなかったんでしょう。研究熱心な方でした」（「つくしんぼ」店主の三角秀さん）。

つくしんぼ
電話………03-5448-1443
住所………東京都港区南麻布5-15-10
営業時間…11時30分〜14時
18時〜23時（LO22時）
定休日……日曜、祝日

右は小川軒名物の薄焼
ステーキ、左がワインゼリー
右下はお土産によく買って
いたレイズンウイッチ

代官山 小川軒 だいかんやま おがわけん

エッセイ「イタリアの鳩」（『夜中の薔薇』）に〝食べたいもののリスト〟が紹介されている。この「薄焼ステーキ」はその一品。写真の「ワインゼリー」も好きでよく食べていた。「向田さんは、食べているとき、口元がおいしそうに笑っていたなぁ」とは、店主の小川忠貞さん。料理を堪能した後は、名物の焼き菓子レイズンウイッチを買って帰っていたそう。

代官山　小川軒
電話………03-3463-3809
住所………東京都渋谷区代官山町 10-13
営業時間…12時〜14時　17時30分〜21時
定休日……日曜、祝日

たいめいけん

池波正太郎も愛した昭和六年創業の老舗の洋食屋。二代目店主の茂出木雅章さんによると、「向田さんは夜七時もしくは八時頃におみえになって、一階のカウンター席でライスカレーとコールスローを食べていました。うちのは昔風の味だから、お好きだったんでしょう。オープンキッチンになっているので、話好きだった先代とよく料理のことを話してましたね」。

カレーライスは650円

たいめいけん
電話………03-3271-2463～5
住所………東京都中央区
日本橋1-12-10
営業時間…11時～21時
定休日……日曜、祝日

直久《なおきゅう》

東京ラーメンの老舗中の老舗。都内に数店舗あるが、向田さんがよく食べに行ったのは、銀座・数寄屋橋交差点近くの店だった。当時、同店の店長で現副社長の後藤正憲さんによると、「亡くなって、テレビでお顔を見て、初めて常連のお客さんだったことに気がつきました。いつも注文していたのは、しょうゆラーメンでしたね。当時は各テーブルの上に薬味用の長ネギをおいていたんですが、向田さんはそのネギをたっぷりのせて食べていました」。青山店にも持ち帰り用のラーメンを買いに来ていたそうだ。

直久　青山店
電話………03-3475-1933
住所………東京都港区南青山1-1-1
新青山ビルB1名店街
営業時間…11時～22時
定休日……なし

しょうゆラーメンにネギをたっぷりのせて

おつな寿司《おつなずし》

この名物である、油揚げを裏返しにして包んだいなり寿司が大好物だった。ちなみに、このいなりは、向田さんが愛読した子母澤寛著『味覚極楽』にも紹介されている。

おつな寿司
電話………03-3401-9953
住所………東京都港区六本木7-14-4
営業時間…11時～23時（土曜22時、日・祝20時まで）
定休日……年末年始、旧盆、不定休

ゆず味が利いているいなり寿司

いわ田《いわた》

ぞっこん惚れ込んでいた麻布の魚屋。ご主人の岩田修さんは「男性鑑賞法」（『眠る盃』）にも登場する。店は、邦子さんが独り暮しを始めた霞町のアパートから歩いて六、七分のところにある。南青山に引越す時も、話を決める前に魚を配達してくれるかどうか確認したほど。

いわ田
電話………03-3408-1039
住所………東京都港区
西麻布1-12-10
営業時間…8時30分～19時
定休日……日曜、祝日

新鮮な魚が所狭しと並ぶ
撮影＝筒口直弘／新潮社

向田邦子が選んだ食いしん坊に贈る100冊

は向田邦子旧蔵本。うち2・5・15・97〜100はかごしま近代文学館蔵、他はすべて実践女子大学図書館向田邦子文庫蔵。

1

小島信平・暮しの手帖編集部
『おそうざい十二ヵ月』
暮しの手帖社
現在も同社より刊行中。

2

暮しの手帖編集部
『おそうざいふう外国料理』
暮しの手帖社
現在も同社より刊行中。

3

石山俊次・小林太刀夫・
高橋忠雄監修
『からだの読本 1』
暮しの手帖社

4

季刊誌
『あさめし ひるめし ばんめし』
みき書房
上は、向田邦子「麻布の卵」、
久世光彦「ままや」が掲載された
1980年春22号。

5

トゥールーズ=ロートレック
モーリス・ジョアイヤン
『美食三昧』
座右宝刊行会

6

佐原秋生
『パリ レストラン案内』
白水社

7

佐原秋生
『フランス レストラン紀行』
白水社

8

文藝春秋出版局
『東京いい店うまい店
'79〜'80年版』
文藝春秋
現在は同社刊『東京いい店うまい店
2003〜04年版』。

9

佐治敬三
『新洋酒天国』
文藝春秋

10

荻昌弘
『男のだいどこ』
文藝春秋

11

檀一雄
『檀流クッキング』
サンケイ新聞社出版局
現在は中公文庫BIBLIOで刊行中。

12
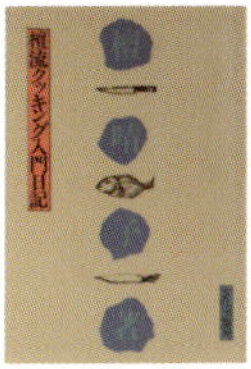

檀晴子
『檀流クッキング入門日記』
文化出版局

13

金子信雄
『新・口八丁手庖丁』
作品社

14
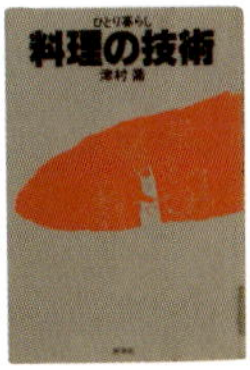

津村喬
『ひとり暮らし料理の技術』
野草社（発売は新泉社）
現在も同社より刊行中。

15

ホルトハウス房子
『私のおもてなし料理』
文化出版局

16

牧羊子
『おかず咄』
集英社文庫

17

浜田義一郎
『江戸たべもの歳時記』
中公文庫

18
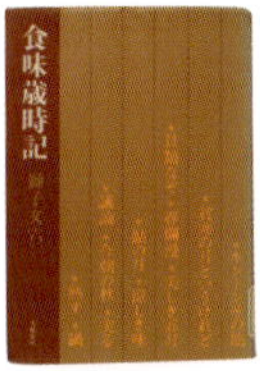

獅子文六
『食味歳時記』
文藝春秋

19

内田百閒
『御馳走帖』
中公文庫
現在も同文庫で刊行中。

20

池田弥三郎
『私の食物誌』
新潮文庫
現在は岩波同時代ライブラリー
で刊行中。

［右頁］自宅近くの本屋さんで　1979年　撮影＝野上透

21

森須滋郎
『料理上手で食べ上手』
新潮社

22

丸谷才一
『食通知ったかぶり』
文藝春秋

23

邱永漢
『食は広州に在り』
中公文庫
現在も同文庫で刊行中。

24

邱永漢
『象牙の箸』
中央公論社

25

浅野陽
『酒呑みのまよい箸』
文化出版局

26
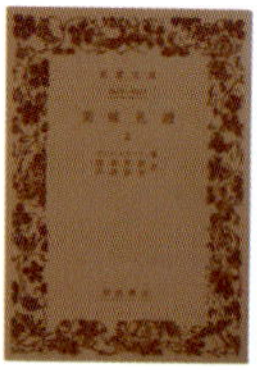
ブリア-サヴァラン
『美味礼讃（上下）』
岩波文庫
現在も同文庫（上下巻）で刊行中。

27

日影丈吉
『味覚幻想』
牧神社出版

28
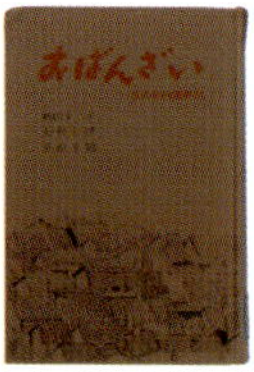

秋山十三子・大村しげ・
平山千鶴
『おばんざい　京の台所歳時記』
現代企画室
現在は光村推古書院刊
『京のおばんざい』。

29

増田れい子
『しあわせな食卓』
北洋社

30

大橋鎭子
『すてきなあなたに』
暮しの手帖社
現在も同社より刊行中。

31

高橋義孝
『蝶ネクタイとオムレツ』
文化出版局

32

桑井いね
『おばあさんの知恵袋』
文化出版局

33

佐橋慶女
『おばあさんの引出し』
文藝春秋

34

辰巳浜子
『娘につたえる私の味』
婦人之友社

35

沢村貞子
『私の浅草』
暮しの手帖社
現在も同社より刊行中。

36

伊丹十三
『女たちよ!』
文藝春秋

37

伊丹十三
『ヨーロッパ退屈日記』
文藝春秋

38

東海林さだお
『ショージ君の満腹カタログ』
文藝春秋

39

石毛直道
『食生活を探検する』
文藝春秋

40

石毛直道
『食卓の文化誌』
文藝春秋

41

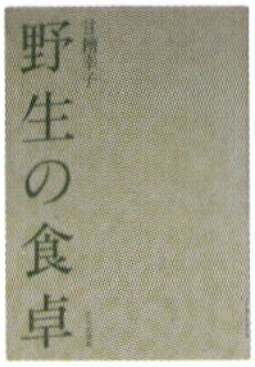

甘糟幸子
『野生の食卓』
文化出版局

42

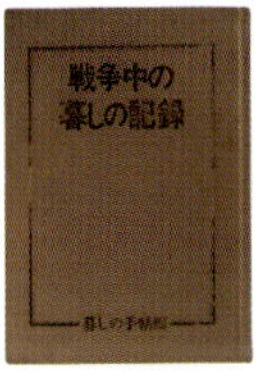

暮しの手帖編集部
『戦争中の暮しの記録 保存版』
暮しの手帖社
現在も同社より刊行中。

43

檜山義夫
『釣りの科学』
岩波新書

44

桐島洋子
『聡明な女は料理がうまい』
主婦と生活社
現在は文春文庫で刊行中。

45

石井好子
『巴里の空の下
オムレツのにおいは流れる』
暮しの手帖社
現在も同社より刊行中。

46

篠田一士 編
『楽しみと冒険3 美食文学大全』
新潮社

47

夏目漱石
『吾輩は猫である』
新潮文庫
現在も同文庫で刊行中。

48

夏目漱石
『坊っちゃん』
新潮文庫
現在も同文庫で刊行中。

49

森鷗外
『雁』
新潮文庫
現在も同文庫で刊行中。

50

芥川龍之介
「芋粥」(『羅生門・鼻』所収)
新潮文庫
現在も同文庫で刊行中。

51

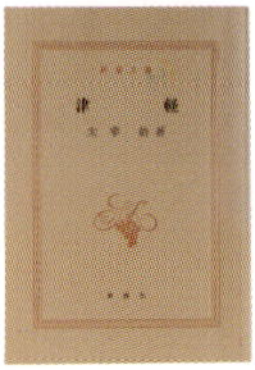

太宰治
『津軽』
新潮文庫
現在も同文庫で刊行中。

52

志賀直哉
『暗夜行路』
新潮文庫
現在も同文庫で刊行中。

53

井伏鱒二
『新潮日本文学17
井伏鱒二集』
新潮社
現在も同社より刊行中。

54

織田作之助
『夫婦善哉』
新潮文庫
現在も同文庫で刊行中。

55

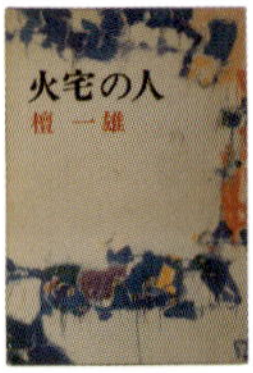

檀一雄
『火宅の人』
新潮社
現在は新潮文庫（上下巻）で
刊行中。

56

立原正秋
『幼年時代』
新潮社

57

幸田文
『流れる』
新潮社
現在は新潮文庫で刊行中。

58

大岡昇平
『野火』
新潮文庫
現在も同文庫で刊行中。

59

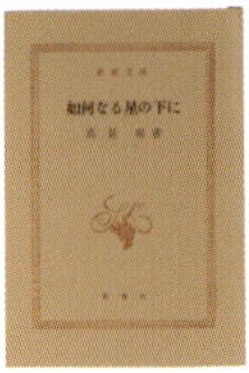

高見順
『如何なる星の下に』
新潮文庫

60

野坂昭如
『アメリカひじき・火垂るの墓』
新潮文庫
現在も同文庫で刊行中。

61

田辺聖子
『夕ごはんたべた?(上下)』
新潮社

62

安岡章太郎
『快楽その日その日』
新潮社

63

山口瞳
『酒呑みの自己弁護』
新潮文庫

64

山口瞳
『迷惑旅行』
新潮社

65

吉行淳之介
『贋食物誌』
新潮社

66

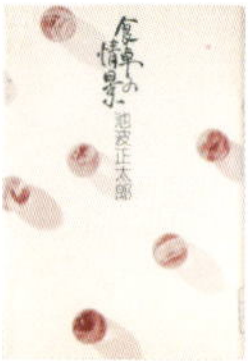

池波正太郎
『食卓の情景』
朝日新聞社
現在は新潮文庫で刊行中。

67

池波正太郎
『鬼平犯科帳』
文藝春秋
現在は文春文庫でも刊行中。

68

野呂邦暢
『諫早菖蒲日記』
文藝春秋
現在は同社刊
『野呂邦暢作品集』所収。

69

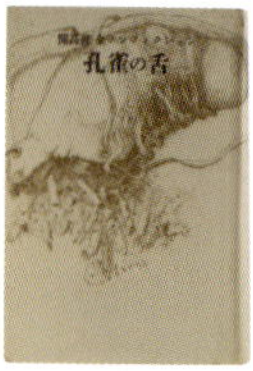

開高健
『孔雀の舌』
文藝春秋

70

開高健
『最後の晩餐』
文藝春秋

71

開高健
『ロマネ・コンティ・一九三五年』
文藝春秋
現在は文春文庫で刊行中。

72

小林信彦
『ドジリーヌ姫の優雅な冒険』
文藝春秋

73

森茉莉
『贅沢貧乏』
新潮文庫
現在は講談社文芸文庫で刊行中。

74

谷崎潤一郎
『陰翳礼讃』
創元文庫
現在は中公文庫で刊行中。

75

深沢七郎
『楢山節考』
新潮文庫
現在も同文庫で刊行中。

76

武田百合子
『犬が星見た－ロシア旅行－』
中央公論社
現在は中公文庫で刊行中。

77

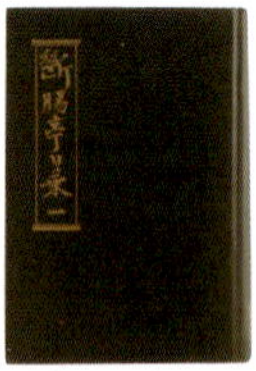

永井壮吉(荷風)
『断腸亭日乗(一～七)』
岩波書店
現在は同社刊永井荷風
『新版 断腸亭日乗』(全七巻)。

78

与謝蕪村
『蕪村七部集』
岩波文庫
現在は講談社刊
『蕪村全集(第七巻)』所収。

79

瀬戸内晴美
『京まんだら(上下)』
講談社
現在は新潮社刊
『瀬戸内寂聴全集(第七巻)』所収。

80

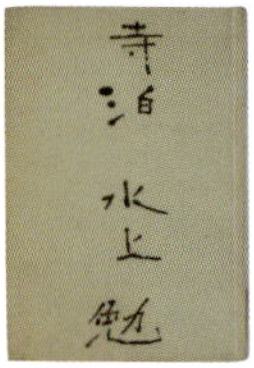

水上勉
『寺泊』
筑摩書房
現在は新潮文庫『寺泊・わが風車』。

81

水上勉
『土を喰ふ日々
わが精進十二ヶ月』
文化出版局
現在も同社より刊行中。

82

永井龍男
「黒い御飯」（『筑摩現代文学大系 56
永井龍男集』より）
筑摩書房
現在は『新潮日本文学 18
永井龍男集』所収。

83

子母澤寛
『味覚極楽』
龍星閣
現在は中公文庫で刊行中。

84

佐々木味津三
『捕物小説全集 右門捕物帖』
春陽堂
現在は春陽文庫
『右門捕物帖（一〜四）』。

85

吉田健一
『饗宴』
KKロングセラーズ

86

ヘミングウェイ
『移動祝祭日』
三笠書房

87

デフォー
『ロビンソン漂流記』
新潮文庫
現在も同文庫で刊行中。

88

ラッセル・ベイカー 他
『ママと星条旗とアップルパイ』
集英社

89

エリン
『特別料理 異色作家短篇集 2』
早川書房
現在も同社より刊行中。

90

ナン＆アイヴァン・ライアンズ
『料理長殿、ご用心』
角川書店

91

ハリー・クレッシング
『料理人』
ハヤカワ文庫NV
現在も同文庫で刊行中。

92

E・S・ガードナー
『門番の飼猫』
ハヤカワ・ミステリ
現在はハヤカワ・ミステリ文庫で
刊行中。

93

キングズリイ・エイミス
『リヴァーサイドの殺人』
早川書房

94

アガサ・クリスティー
『バートラム・ホテルにて』
ハヤカワ・ミステリ
現在はハヤカワ・ミステリ文庫で
刊行中。

95

ブラウン・メッグズ
『サタデー・ゲーム』
ハヤカワ・ミステリ

96

イアン・フレミング
『007／カジノ・ロワイヤル』
創元推理文庫
現在も同文庫で刊行中。

97

向田邦子
『父の詫び状』
文藝春秋
現在は文春文庫でも刊行中。

98

向田邦子
『眠る盃』
講談社

99

向田邦子
『無名仮名人名簿』
文藝春秋
現在は文春文庫で刊行中。

100

向田邦子
『思い出トランプ』
新潮社
現在は新潮文庫で刊行中。

◎リスト初出＝「向田邦子が選んだ食いしん坊に贈る100冊の本」（「書店・話の特集」1981年3月1日／182号）
◎写真は、向田さんが選んだ当時刊行されていたものを掲載しています。2003年5月現在で手に入る本のみ刊行情報を記しました。特に注記していないものは、品切れ（重版未定）もしくは絶版です。

姉妹はおつな味

姉のごちそう術

向田和子

親ゆずりの〝のぼせ性〟。

姉はそのように自己申告している。

その通り。だけど、〝凝り性〟も同居していたと私は思っている。

食べものに関しては、特にそうだった。ひとたび気に入ると、同じものを食べつづける。ひとりで凝るなら、まだいいが、まわりを巻き込む。ひとに薦めるとなると、気合いが入って、まくしたてる。

「葱雑炊はおだしが決め手だから、手抜きはだめよ。葱はいったん水にさらして、山程用意する。仕上げに生姜の絞り汁をたっぷり入れる。風邪気味のときに食べるといいわよ」
二、三日もすると、また電話。
「ねえ、あれ、おいしかった?」

「風邪もひかなかったし、元気だったから、まだ……」と答えると、気落ちした声が返ってくる。

風邪をひかず、風邪気味にもならない自分が、なんだか悪く思えてくる。

可笑しいを通り越して、私は反省してしまった。


薦めるだけではない。自分でつくり、やたらとごちそうしたがるのだ。

〝のぼせ性〟で〝凝り性〟だから、思い入れはたっぷり。気合いも充分で、こちらが口に運ぶや、タイミングよく、

「おいしいでしょう!」

とことばのスパイスを効かせる。こちらは息つくひまも、ことばもなく、ただ頷いてしまう。

姉は無言の頷きを信じて疑わない。ますます気をよくして、ご機嫌になる。

なにか言いたくても、ほとぼりが冷めるまで暫し待つ。

間違っても「ノー」と言わないこと。〝つまらん奴〟と思われ、次からごちそうしてもらえなくなるかもしれない。「おいしい、おいしい!」と演技しておけばいい。もっとも、無理して演技することは、めったになかったが。


すぐ上の姉や私が学生だった頃、友達が遊びに来るとわかっていると、邦子らしいアイディアのおやつが用意されていた。父の酒の肴にも、邦子の新顔が登場

した。評判がいいと定番になる。カナッペやサラダ感覚で手軽につまめるもの、それにチーズ料理……おやつや新顔がお目見えする場に本人がいなくても、あとで食べ残しのあるなしやお客さんの食べっぷり、誰が喜んでいたかとか、厳しくて細かいチェックが入った。ぼんやりの私がいい加減に返事すると、

「ふ～ん、そうか～」

いわくありげな眼で見る。すべてお見通しのようだった。

姉がひとり暮しを始めてからは、マンションで手料理をよくごちそうになった。それは新玉ねぎのスープだったり、三色おでん、卵・じゃがいも・三枚肉の角切りを煮込んだものだったりした。ほんの短い時間、立ち寄る程度でも、なにか必ずお茶と一緒に出てくる。手作りがないときは、果物や珍しいお菓子になった。あとかたづけ、洗いものはさせない。仕事が立て込んで、ちゃんと寝てないな、とわかる日でも、それは変わりなかった。

■■■

そして、必ず手土産をもたせてくれた。

姉が自分の友達や仕事仲間をどのようにもてなしていたか、よく知らない。だけど想像はつく。好きな器に何を盛りつけようかと考えては、楽しんで遊んでいたにちがいない。

たとえば、李朝白磁の壺に惜しげもなく花を活ける。演出は上々、所狭しと床を埋める本の山積みをはしの方に押しやっていたことだろう。そしてタイミングよく、ひと言。

「おいしいでしょう！」

きっと皆さん、姉の気分に呑まれ、

「おいしい」

と相槌を打っていたのではないか。

「ノー」と言うのは勇気がいる。

いいや、口に出すまでもない。勘のいい姉はすばやくお見通しだったと思う。

向田姉妹が絵付けした湯呑 「ままや」開店の際、
食器の買い付けに行った瀬戸でトライしたもの
右が邦子さんで左が和子さん　撮影＝野中昭夫

第四章 思い出さがし、想い出づくり

「仕事が忙しい時ほど旅行に行きたくなる」と語ったように、向田さんはよく旅へ出かけました。東京の人形町を歩く小さな旅から、幼い頃の懐かしい思い出をたどる鹿児島への旅、遠くケニア、モロッコへの海外旅行まで、その足あとを、見たものを、たどってみました。［文・編集部］

桜島の日の出
撮影＝野中昭夫（〜101頁）

〝故郷もどき〟の海と桜島

鹿児島

［上］子供の頃、家族で訪れた磯浜
そこで名物「じゃんぼ餅」を食べ、遊んで帰るのが楽しみだった
平田ぢゃんぼ屋（☎099-247-3354）は当時向田家がよく訪れた店
［右頁］〈生きて火を吐く〉桜島を背に　1979年
写真提供＝文化出版局（〜101頁のポートレート全て）

一九七〇年代の半ば、乳癌を患った向田さんは、病院のベッドの中で考えた。〈万一再発して、長く生きられないと判ったら鹿児島へ帰りたい〉。「帰りたい」といっても、向田さんは東京生まれ。鹿児島が故郷というわけではない。父親の転勤の都合で、小学校高学年の二年間余りを過ごしただけだ。それでも〈少女期の入口にさしかかった時期をすごしたせいか、どの土地より印象が強く、故郷の山や河を持たない東京生れの私にとって、鹿児島はなつかしい「故郷もどき」なのであろう〉。

回復して後に綴ったエッセイ『父の詫び状』には、鹿児島での逸話がたくさん登場するが、向田さんが〈自分の気持に締めくくりをつける意味〉から四十年ぶりに〝里帰り〟したのは、同書を刊行した後の一九七九年のことだった。

〈昔住んでいた、城山のならびにある上之平の、高い石垣の上に建っていたあの家の庭から桜島を眺めたい〉――そんな想いで空港に降り立った向田さんは、どこにいても目に入る桜島を〈あまり見ないように〉しながら旧宅へと向かう。

ところが、昔住んだその地に着いてみると、そこには石垣と、裏山の夏みかんがかろうじて当時の面影を留めるだけで、かつての家は跡形もなくなっていた。

新しくなってしまった石段を登り、すっかり様子が変わってしまった市街地を俯瞰した向田さんの目に、〈変らないのは、ただひとつ、桜島だけであった〉。

桜島は〈形も、色も、大きさも、右肩から吐く煙まで昔のままである。／なつかしいような、かなしいような、おかしいような、奇妙なものがこみあげてきた〉。

その桜島の風景を、向田さんは〈母に見せたいと思った〉。初めて地方支店長として栄転した父。給料は上がり、社宅も広い。〈貯金をして東京へもどり、自分たちの家を買おう。……母の夢はこの桜島に向いあった時、一番大きくふくらんでいたに違いない〉。戦争の激化で、その夢は果たされなかったが、向田家にとって、とてもあたたかく〈うち中に活気がみなぎ〉っていたのだった。

〈納戸に忍び込んで父の蔵書の一冊を抜き取り〉、漱石や直木三十五など大人の本を隠れて読み始めたのもこの頃のこと。童話の本をカモフラージュにして、下に隠した本を盗み読んだ結果、〈今迄知らなかった大人の世界が、うすぼんやりと

1979年に
「ミセス」の取材で訪れた
市内を走る路面電車に乗ったり
城山に上って展望台から
市内を眺めたり40年ぶりの
鹿児島を堪能した

❺

❹

見え始め〉、**〈今までひと色だった世界に、男と女という色がつき始めた〉**。

まさに思春期にさしかからんとするそんな少女が歩いた道を、四十年の歳月を経て、向田さんはたどっていく。

紀元二千六百年の祝典で遊戯をした照国神社は、すっかり境内が狭くなっていた。そこから、母校の山下小学校まで、**〈まるで変ってしまった知らない道路を、なにかの糸であやつられているかのよう、ひとりでに手繰り寄せられて〉**いく。校庭の真中にあった二本の大楠も、平屋だった校舎も今はないが、そこに漂う空気が当時の先生や、町に普通にいた牛馬と戯れた時のことを思い出させた。

鹿児島の銀座通り「天文館通り」では、買い物が楽しかった山形屋デパートや、父がよく本を取り寄せた「金港堂」「金海堂」の二軒の本屋など、ここでも周囲の激変にかかわりなく、思い出に導かれて**〈不思議にひとりでに〉**足が動いた。

〈昔、私がポチャポチャとシュミーズで泳いだり、脱衣籠に入れておいた母の手作りのキャラコのズロースを盗られて半ベソをかいた〉天保山海水浴場は、埋め立てられてホテルの駐車場になっていた。城山山頂への道路も頂上の展望台も桜島へ通うフェリーも、みんな変わった。

だが**〈変らないものは、磯浜の「じゃんぼ」〉**。「じゃんぼ」とは名物の餅の名前で、やわらかい餅にうす甘い醤油あんをからませたものだ。お母さんが好きでよくいっしょに出かけたという「平田ぢゃんぼ屋」は今も健在。里帰りした向田さんは、同窓会の後、旧友たちといっしょにこの店に繰り出したそうだ。

さて、その同窓会、**〈三、四人も集ってくれたら感激だなあ〉**と思っていたのに、十三人もそろった。**〈何をしゃべってもおかしく、なつかしく、黙っていると鼻の先がツーンとしてくるので、私達はやたらに肩を叩きあい、笑ってばかりいた〉**。向田流のあたたかい人情劇のルーツは、少女時代の、鹿児島の人たちとの交わりにあったのかもしれない。

もうひとつ、忘れられない鹿児島の味

❶

❷

❸

❶旧宅付近の石段❷旧山下尋常小学校の門柱❸現在の山下小学校
❹照国神社❺鹿児島一の繁華街「天文館通り」アーケード

上は旧宅付近、中は私学校跡の石垣、
下は山下小学校時代の級友と担任の上門三郎先生を囲んだ同窓会で

が薩摩揚だ。〈どういうわけか我が家は薩摩揚に夢中になった〉。当時一個一銭。「分限者」とみなされていた向田家が、毎日、〈安直なおかずであった〉薩摩揚を買いにいくのは、ケチだと思われるからきまりが悪いとお母さんがこぼしていたとか。それでも向田さんは、その匂いと味には抗いがたく、学校帰りに薩摩揚屋に寄り道しては、金色の泡を立てて揚がる過程を一人、眺めていた。〈この十歳から十三歳の、さまざまな思い出に、薩摩揚の匂いが、あの味がダブってくるのである〉。

思い出を呼び起こす味、人、そして風景——磯浜のあたりから望む桜島もまた、すばらしい。浜辺で無邪気に遊ぶ子供たちがいた。あの子らもあと何十年か後には、向田さんのようにこの風景をかけがえのないものに思い出すのかもしれない。〈あれも無くなっている。これも無かった——無いものねだりのわが鹿児島感傷旅行の中で、結局変らないものは、人。そして生きて火を吐く桜島であった〉

◎引用出典＝鹿児島感傷旅行『眠る盃』
薩摩揚『父の詫び状』

in KAGOSHIMA

人形町 小半日のゼイタク旅行

〈私は東京山の手の生れ育ちだが、母がみごもると、母の実家では人形町の水天宮へ安産のお札を貰いにゆき、おかげで私をかしらに姉弟四人がつつがなく生れたと聞かされて育った〉

そんな向田邦子さんがお礼詣りに水天宮を訪れたのは、〈産声を上げてから四十七年目〉（実際には四十八年目の昭和五十二年）の初夏のことだった。いつかゆっくり歩いてみたい、と思いを募らせていた水天宮の人形町。エッセイ「人形町に江戸の名残を訪ねて」（『女の人差し指』）にそのときの様子が綴られている。

〈水商売と安産にご利益のある町なかのお社だけに威あって猛《たけ》からず。気は心のお賽銭でも勘弁して頂けそうな気安さがある〉

水天宮に着いたら、まずは一枚の写真を見に行こう。境内の絵馬堂に奉納され

お宮詣りの親子連れで賑わう水天宮
下左は"昭和四年正月五日"の古写真
撮影＝菅野健児／新潮社（～107頁）

［右２点］「重盛永信堂」（☎03-3666-5885）の名物ゼイタク煎餅と人形焼
［左２点］「寿堂」（☎0120-480400）の黄金芋は今も変わらぬ素朴な味わい

た「昭和四年正月五日初水天宮参拝の賑ひ」と記された写真だ。向田さんが生まれたのは、この写真が撮られたのと同じ年、昭和四年の十一月二十八日。まさにその年の「賑ひ」に立ち会える。

写真を見れば、人波の手前を二十九番の市電が走っている。千住大橋と土州橋（水天宮の南、箱崎川にかかっていた橋）をつなぐ路線。ものの本によると、当時水天宮は渋谷駅・両国駅間を走る十四番も通っていた。お母さんに抱かれてお礼詣りに行ったとしたら、若林から「玉電」で渋谷へ出てそちらに乗ったのではないだろうか。

水天宮の境内を出ると、「元祖　重盛の人形焼」の看板が目に飛び込む。江戸のむかしより、水天宮の門前町として栄えた人形町もこれより始まる。

〈お詣りの帰りには水天宮みやげで名を売ったゼイタク煎餅「重盛永信堂」へ立ち寄るのが順というものだろう〉。この店で、人形焼とともに有名なのがゼイタク煎餅。**〈卵と甘味をおごったやわらかな瓦煎餅は、チョコレートや生クリームを知らないひと昔前の人には贅沢だったのかも知れない〉**。ゼイタク煎餅（一袋三百五十円）と七福神の形をした人形焼（一個百十円）は、創業当時から変らぬ手焼きの製法で作っているという。

人形町通りを歩き出すと、同じブロックの反対側の角地に「寿堂」がある。三階建ての外観は京風と文明開化が交じり合った佇まいで、「関東大震災で多少やられましたが、内装は震災前のまま」と店主の杉山浩一さんは語る。

店の奥ではアルバイトさんが「黄金芋」を黄色い包装紙でくるくる巻いていた。**〈一個百円は当節お値打ちといえる〉**は百七十円となったが、「お値打ち」であることにかわりはない。お店の袋も洒落ている。四季の和菓子の目録となったその意匠は、人形町に店を構えた明治三十年頃のものらしい。**〈江戸の昔から、随一の商業地といわれた人形町の〝あきんど〟の姿と、下町情緒が、黄金芋の肉桂の香りと一緒に匂ってきた〉**。

［右］「京樽総本店」の鮨懐石／［中］裏手にある昭和25年頃建てられた「京樽」東京進出一号店だった／［左］「芳味亭」（☎03-3666-5687）のミックス肉コロッケ

人形町通りから「甘酒横丁」に入る。ここで〈**下町の名ごりを残した店が二、三軒ある**〉と紹介されているのは「岩井つづら店」に「ばち英」。

「岩井つづら店」の〈**ズラリとならんだつづらに次々と黒うるしを塗り、天井にぶら下げて乾かしている風景は、ガラス戸越しに拝見するだけで楽しくなる**〉。

「小さいものなら三日で二十個ほど作ることができますが、すべての工程を一人で行うため、月に七十個ほどしかできません。今から注文していただいても、お渡しできるのは半年から一年先になってしまいます。価格は一番小さいもので、八千円。家紋を入れると一万円ほどに」とは、四代目岩井良一さんの話。こびりついた漆が美しい作業台・定盤も目を惹く。ていねいな職人仕事をゆっくりと待つ。これもゼイタクというものだろう。

一軒おいて隣が「ばち英」。ばちだけでなく、三味線の製作修理専門の店だ。向田さんが訪れた二十六年前とは店構えがかわってしまい、三味線のばちをかたどった大きな看板も最近、邪魔になるとのお達しにおろさざるをえなくなったとのこと。しかし、「花林　六万円也　税別」「紅木　中古品　二拾五万円　綾杉胴　演奏会用　二寸五分刳り」とそれぞれ表示された三味線二棹が飾られたショーウインドウの奥に、三味線の胴体に皮をはったり、象牙の細工をしている寡黙な雰囲気の職人さんの姿がみてとれる。〈**何やら粋な音〆が聞えてくるようで、無芸がいささか恥しくなった**〉と向田さん。

「ばち英」の前には甘酒横丁の由来を記した立て札が立っている。それによると、明治の初め、横丁の入口に尾張屋という甘酒を売る店があったことが由来だという。いまは和菓子の「玉英堂」で、パックに入った甘酒が売られている。

では、人形町の由来は？

〈**人形町の由来をたずねると、寛永十年（一六三三）頃、今の人形町三丁目あたりに市村座と中村座にならんで、人形操りの小屋が六、七軒あった。この人形の製作修理にあたった人形師が住んでいた**

ことから呼ばれるようになったらしい。**……不思議なことに、現在人形町には人形をあきなう店は一軒もない〉**

そして、**〈ここまで歩くとおなかがすいてくる〉**と案内するのが、裏通りの洋食屋で、なじみの「芳味亭」と、表通りにある「京樽」の鮨懐石。

いかにも路地裏の洋食屋さんといった「芳味亭」は向田さんが通った頃のまま。いつも注文していたミックス肉コロッケは、値段も当時のままの千円。皿の上には俵型のコロッケ二つと付け合わせのセロリとナポリタンのスパゲッティ。コロッケは半分に割ると、なかみはとろとろ。口に運ぶとスッと味が舌になじむ。

「向田さんは、いつも入口近くのテーブル席に座ってらした。うちはご覧の通り、オープンキッチンだから、うちの技と味を盗もうとしていたのかもしれないね」と料理長の後藤秋夫さんが笑う。

続いては「京樽」。季節ごとにネタが変わる鮨懐石は、都内に複数の店舗を構える京樽でも、この総本店のみ（二〇〇五年五月までは休業中）。

〈人形町の素顔は裏通りにある。／どの路地も掃除が行き届き、出窓や玄関横にならべられた植木は手入れのあとがうかがえる〉と向田さんが描いた世界は、エッセイ中にふれられている「ちまきや」や手焼きせんべいの「鶴屋」が姿を消していることに象徴されるように少なくなっているとはいえ、わずかなすき間に身をひたすように生き残っている。

〈人形町へきて「魚久」へ寄らないのは片手落ちであろう〉と書かれた「魚久」の当時の店舗は移転してしまったが、人形町だけで二店舗ある。名物の粕漬けは酒の肴にも、夕食のおかずにも最適。

月に一、二回はふらりと訪れていた「喫茶去《きっさこ》 快生軒」で、向田さんのお気に入りの席は、入口右手奥の窓際だった。

「向田さんが注文するのは、決まってカフェオレ。たっぷり入っているから小一時間くらい過ごすのにちょうどいい量だったんでしょう。いつも一人でいらして、本を読んでました」と語るのは、三代目

［右］つづらに漆を塗る「岩井つづら店」（☎03-3668-6058）4代目岩井良一さん
［左／中］甘酒横丁にある「ばち英楽器店」（☎03-3666-7263）と
2代目小林英次郎さん　三味線の皮の張り具合を見る目は真剣

店主の佐藤方彦さん。先代の暠祐《こうすけ》さんはエッセイのなかで、**〈混み合っている時は叱られそうだが、この人に人形町の今昔をたずねたら、面白いはなしが伺えそうである〉**と親しみをこめて紹介されている。

「窓際の席がふさがっていると、レジの向かいの席に座り、カウンター越しに会話したものです。マーマレードトーストも必ず注文され、いつもきれいに召し上がってくれました。私どもは仕事柄、立ったまま話をするので、お客さんの口の中がよく見えてしまう。向田さんは口もとに清潔感があり、歯は真っ白で、本当に美しい方でした」

なお、喫茶去は中国唐代の禅僧趙州《じょうしゅう》の禅語で「お茶を召し上れ」という意味。**〈喫茶店という名前は、この店の先代**（初代）**が使ったこの看板からきている〉**のだそうだ。

人形町ぶらぶら歩きのおしまいに訪れたいのが、創業二百年以上の老舗「うぶけや」である。**〈産毛も剃れますという、**

［右］向田さんが訪ねた頃の面影を残す人形町の風景
［左頁］「刃物専門店　うぶけや」（☎03-3661-4851）のご主人矢崎秀雄さん
下は店がまえ

「喫茶去　快生軒」(☎03-3661-3855)では、カフェオレとマーマレードトースト、そして先代オーナーとのおしゃべりを楽しみにしていた［左下］
1978年頃　撮影＝佐藤方彦

しゃれた名前の刃物専門の店〉で、向田さんが真先に買い求めたのは柳刃と鯵切りだった。

「一つ一つに心がこもっていて、魂が入っているから好きなのよ、と有り難いことを仰ってくださいました」

と在りし日の姿を知る奥さんは、向田さんが薄刃と皮むき包丁を購入したことも記憶にとどめている。

夕闇がだんだんと濃くなるにつれ、うぶけやの店頭は、江戸東京の雰囲気を、そこだけきりとったようにただよわせていった。

〈人形町にはまだ江戸の香りが残っている。古きよき東京の人情も、「あきない」と一緒に残っているように思えた〉

現在、この町を通るのは、営団日比谷線・都営浅草線（「人形町駅」）と営団半蔵門線（「水天宮前駅」）。交通の便がよくなると、形あるものがこわれていくのは、しかたがないとして、向田さんが、この町に寄せた親しみを裏切らないものが確かにまだ残っていた。

in NINGYOCHO

若葉と味噌カツ揖《い》斐《び》の山里を訪ねて

岐阜

［上］1980年に「旅」の取材で横蔵寺を訪れた向田さん
横蔵寺は「美濃の正倉院」と称されるほど、
多くの仏像・絵画・古文書を所蔵する　下は同寺の山門
［右頁］紅葉で知られる横蔵寺だが、芽吹いたばかりの若葉も美しい
写真提供＝JTB「旅」編集部＋撮影＝野中昭夫（～113頁）

「揖斐の山里を歩く」というエッセイがある。一九八〇年、雑誌「旅」七月号に寄せられたものだ。

〈若葉の頃を好きになったのは、この三、四年のことである〉

そんなふうに書き起こされる紀行文を道しるべに、若葉にはちょっと早い春の一日、桜咲く岐阜界隈を訪ねてみた。

低血圧のせいか「木の芽どき」になると体調を崩していた向田さんは、初夏に旅行することは稀だったとか。ところが一九七五年に大病を患って以来、その「木の芽」を待ち望むようになる。

〈柿若葉、樫若葉、椎若葉、樟若葉。／どうして今までこの美しさいとしさに気がつかなかったのか、口惜しくて仕方がない。……今からでも遅くない、せいぜい見逃していたものを取戻したい――〉。そんな想いを胸に新幹線の岐阜羽島駅で降りた向田さんだったのに、まず最初に眼に飛び込んできたのは、若葉ではなく、タクシーの窓から見えた「味噌カツ」の看板！**〈どうも私は、いざとなると花より団子になってしまう〉**。

タクシーで谷汲村の華厳寺を目指す道すがら、向田さんに倣って「味噌カツ」の看板を探したけれど、なかなか見つからない。おいしいものを見つける眼は、やっぱり向田さんにはかなわない。

谷汲山華厳寺は西国三十三ヶ所の満願

横蔵寺
住所……岐阜県揖斐郡谷汲村神原
電話……0585-55-2811
◎境内自由　瑠璃殿と舎利殿（ミイラ堂）は10時～16時

霊場として、古来、篤く信仰されてきた天台宗の古刹である。創建は桓武天皇の御世というから、千二百年の歴史をもつ。しかし、だからといって向田さんにとって敷居が高かったわけではなかった。

〈位の高さがうなずける品のあるたたずまいだが、人なつっこいぬくみがある〉

若葉の木洩れ日が清々しく揺れる境内で、笈摺堂《おいずるどう》に手を合わせた向田さんが、最も心をひかれたのは、本堂両脇の柱に打ちつけられた青銅の鯉だった。

　西国三十三ヶ所の巡礼を終え、笈摺（笈を背負ったときに背中が摺れないよ

西国三十三ヶ所満願の聖地、谷汲山華厳寺の山門
「谷汲」という地名は、桓武天皇の昔、このあたりから「燃える水」、つまり石油が出たことに由来する

華厳寺
住所……岐阜県揖斐郡谷汲村徳積23
電話……0585-55-2033
◎境内自由　本殿は8時〜16時30分

鯉を撫でる向田さん　結願した巡礼は、この鯉を撫で、その指を舐めることで精進落しとした

うに着た衣服〉を奉納した人たちは、この柱の鯉を撫で、その指を舐めて精進落しとしたという。艱難辛苦を乗り越えて結願した巡礼たちが、背伸びして鯉を撫で、指を舐める姿を、〈考えるだけでうれしい眺め〉だと向田さんは書き記す。〈さあ、風呂に入って、酒をのむぞ、なまぐさものをたら腹食べてやるぞ。お酌の姐さんの白い二の腕は、観世音菩薩よりまぶしく見えたかも知れない〉。そんなふうに想像する向田さんを、鯉は〈ぬけぬけとした人間臭い顔で〉見ていた。

　帰り際、山門からの眺めに息をのむ。〈……山門から、両脇に土産物屋のならんだ参道は、桜の季節には、さぞ美しい花のトンネルとなったであろう〉と向田さんが夢想した「桜のトンネル」が、まさに目の前にあったのだ。薄紅色に染まった淡い帯が、一キロばかり続く参道の雑踏を覆い隠し、はるか高みまで続くかのように、茫洋と霞んでいた。

　桜には想いを残した向田さんだが、新緑は堪能した。

in GIFU

〈広い境内の石段のあたり、お堂からお堂へうつる道すじ、築地塀の脇。楓は、大きいもの小さいもの。老いたもの若いもの。それらが一斉に人の掌のかたちに葉をひろげ、うすく青く透き通って天空をおおっているのである〉

〈せいぜい見逃していたものを取戻したい〉という若葉への想いを、華厳寺の境内は十分に満たしてくれたようだ。

　この取材旅行でもうひとつ訪ねた寺が、「ミイラの寺」として知られる横蔵寺だ。さっそく名物（？）のミイラと対面した向田さんだが、〈信心の足りぬ私には、正直いって、あまりいい気持のものではなかった〉。それよりも〈華厳寺よりもうひとつ男性的〉で〈山門も仁王門も本堂も、山岳仏教にふさわしい偉容をみせ〉、仏像も〈重文級がごろごろしている〉この寺で、向田さんの心をとらえたのは、瑠璃殿に鎮

谷汲駅は、2001年の名鉄谷汲線の廃線と同時に廃止されたのだが、小さな可愛らしい駅舎が保存されている
上の赤い電車は、向田さんが訪ねた当時走っていたもの

華厳寺の笈摺堂［下／右頁左］
かつて、巡礼を終えた人々がここに笈摺を奉納するのが習わしだったが、いつの頃からか「オイズル」が「オリヅル」に転じ、今では奉納された折鶴が所狭しとつり下げられている

座する、伝役行者作の深沙《じんじゃ》大将像だった。「深沙大将」とは『西遊記』に登場する、河童の沙悟浄のこと。

〈やんちゃ小僧のような面差しで、腕に蛇など巻きつけて凄んでいるが、どういうわけかおヘソのあたりに拳骨ほどの女の顔がはりついている。この顔が実にいい。ふくよかであたたかい〉

　ここでも向田さんは、「崇高さ」よりは、「人の臭い」のする方に吸い寄せられていった。

　さて、味噌カツである。岐阜に入って最初に注目したにもかかわらず、向田さんは帰りの新幹線に乗るぎりぎりまで「お預け」をくってしまった。

〈心を残して帰るのもしゃくなので、羽島の駅で、新幹線ひかりへ乗り換える三十分を利用して構内のレストランに飛び込んだ〉

　感想は……〈おいしかった。／豚カツのくどさを、味噌ダレの香りがみごとに消し、互いのうまみが掛け算になって、これこそ東西両文明渾然一体という感じがした〉と手放しの喜びよう。

　そんなおいしいものなら、ぜひ専門店で食べたいと訪ねたのが、昭和二十二年創業の「一楽本店」。現オーナーは二代目で、先代の父上がおでんに味噌をつけて食べることをヒントに、味噌カツを考案したのだという。

　実は、このお店、向田さんも訪れたことがあったらしい。オーナーが語る。

「父から聞いた話なんですけれど、いつだったか向田さんは女性と二人でフラッとやってきたそうです。注文してサッと食べて。食べ終わってから、『私は向田邦子と言いまして、放送作家をしてい

金華山の山頂に建つ岐阜城は、斎藤道三、織田信長らにゆかりの名城だが、向田さんの目には〈箱庭のなかの山の上にチョコンとのっかった、瀬戸物の城〉と映った

ます。この味噌ダレはどういう風に作るか教えていただけませんか』と質問されたそうです」

向田さんは駅構内のレストランでも、しっかりレシピの伝授を受けている。

〈帰ったら早速作ってみよう。／食いしん坊の友人たちを呼んで味噌カツパーティを……〉

「一楽本店」の味噌カツ店は柳ヶ瀬ブルースで有名な柳ヶ瀬の高島屋の裏手にある味噌カツライスは750円

夫婦一緒の銅像は初めて！と向田さんもびっくり
岐阜羽島駅誕生に功のあった政治家、大野伴睦と妻の銅像

in GIFU

向田邦子が見た風景

海外旅行

三十八歳のとき、はじめてタイ・カンボジア旅行へ出かけたのを皮切りに、二十八日間の世界一周旅行、ケニア、マグレブ三国（チュニジア、アルジェリア、モロッコ）、ニューヨーク、ベルギー、ブラジル・アマゾン、そして最後の旅となった台湾まで、向田さんはなんとか時間をひねりだしては海外へ出かけた。後年は「値段が張ることと重たいことを我慢すれば、さすがにピントは固いし色も仕上りもひと味違う」からと、一眼レフのカメラを持って旅行へ行くようになり、とくにお気に入りだったケニア、モロッコで写した写真などが膨大に遺されている。

旅の必需品、パスポート
証明写真は新潮社写真部のスタジオで撮影したもの
かごしま近代文学館蔵（右も）

［下］1980年　モロッコの古都フェズで／［下右］1968年　初めての海外旅行　タイの寺院前で／［右］愛用の旅行トランク
撮影＝野中昭夫（上も）

タイ

モロッコ

……外国というと、アフリカ、モロッコ、
アマゾンなんかに目が向きますね。
欧米の都市なら、腰が曲がってからでも
行けますが、不便なところは
足が丈夫なうちに歩こうと思っています。
水も現地のを飲み、現地食に挑戦し、
自分の足で歩くのはいまのうちですからね。

（向田邦子）

ニューヨーク

アマゾン

OVERSEAS

［上］霧の摩天楼を背景に　1981年
［右］アマゾン川流域の町にて　1981年
撮影＝新正卓（2点とも）
［下］モロッコの魅力は〈私を引きずり込んでしまった〉 1980年

サハラ砂漠

フォト・アルバム

撮影……向田邦子

……メモもとらずただ目にうつるものを面白がって旅をしていた（中略）。週に一度の市にぶつかった。（中略）素焼のカメを売っている男がいる。どう見てもボロ布としか思えない色とりどりの布を山と積んで、そのなかにぼんやりと坐っている男がいる。

地べたに布を敷き、茶をのむときのへこんだヤカンや欠け茶碗などを五つ六つならべたのは、古道具屋であろうか。テントの中の占師。平たいザルに、代赭色《たいしや》やうぐいす色の、いい香りのする粉末をならべ、秤を前に居ねむりをしている香料屋。

モロッコの市場『女の人差し指』

使い込まれたカメラ
かごしま近代文学館蔵
撮影＝野中昭夫

モロッコ 砂漠の町の市

サハラ砂漠の入口の小さな町で

腰巻の端を口にくわえ、帆の代わりにして
湖の上を進んでいく　向田さんの会心の一枚

ケニア トルカナ族の少年

OVERSEAS

男は、筏の上に立ち上った。

意外に小さい。筋肉のつきかたも稚《おさな》くみえる。少年らしい。少年は、いきなり白い腰布をはぐった。筏の上で用を足すのかな。私は二百ミリの望遠レンズをカメラにつけ、ピントを合せた。

ところが右手の櫂を筏につきバランスをとりながら少年は思いがけないしぐさをした。まくり上げた腰布の左隅を左手で持つと高くかかげ、右の端を口でくわえたのだ。いつの間に風が出たのか、白い布は大きく風をはらんでいる。そのまま追い風に乗って、かすかにさざ波の立つ油のような湖面を滑るようにすすんでゆく。

少年の腰布はヨットの帆になった。黒い鉛筆のような二本の脚を踏んばって、痩せた彼のからだはそのまま船の帆柱である。

すべては一瞬の出来ごとだった。私は夢中で五枚だけフィルムの残っていたカメラのシャッターを押した。

鉛筆『男どき女どき』

旅のおみやげはトランプ

ブラジル、アルジェリア、フランス、ベルギーなど旅した国々で買ってきたトランプが遺されていた。連作短篇小説「思い出トランプ」で直木賞をとった後に出かけたアメリカでも、トランプを百個以上買い込み、「直木賞受賞記念に」と配っていたという。

トランプのカードを切るように、
四角い景色が、窓の外で変ってゆく。
大きい旅小さい旅に限らず、
これが一番の楽しみである。

小さな旅『眠る盃』

人生というのは、というと
オーバーになりますけれども、
毎日毎日、一瞬一瞬過ぎていくっていうのは、
なんだか私にはたくさんのトランプを
切って並べて、もし相手がいればその相手と
トランプを、ゲームをしている、
そんな風な気持ちがあるんです。

向田邦子自作を語る
「花の名前・かわうそ（『思い出トランプ』より）」
（新潮カセットブック）

各国で買い集めたトランプ
かごしま近代文学館蔵　撮影＝野中昭夫

ひと呼吸、おいて。おまじないのように

姉自慢……その二

向田和子

手軽で手抜き。それが、姉と私の料理の基本だ。

冷蔵庫の残りものや乾きもの、身近にあって、特別に手を回したりせず手に入るもの、それやこれやでお惣菜を作った。たとえばトマトの青じそサラダ。トマトを放射状に八つに切り、胡麻油と醬油、酢のドレッシングをかけ、上に青じその千切りを散らせば、出来上がりである。

このサラダは、白い皿でもいいが、私は黒陶の、益子《ましこ》のぼってりとした皿に盛りつけている。黒と赤とみどり色。自然はこの三つの原色が出逢っても、少しも毒々しくならずさわやかな美しさをみせて食卓をはなやかにしてくれる。

「食らわんか」『夜中の薔薇』

■ ■ ■

〝演出〟はいつも頭にあったと思う。だけど、姉の食卓のそれはドラマの演出家や小説家が考える程、手の込んだものでなく、やはりお手軽だった。ただ注釈を加えさせていただくと、食べるひとを喜ばせ、「おいしい！」と唸らせたい、そんな無邪気な下心があってのことだったと思う。

このトマトの青じそサラダは、東京の赤坂に「ままや」という惣菜とお酒の店を姉と開いたとき、メニューのひとつとなった。名前こそ「トマトの青じそ和風サラダ」となり、塩少々と化学調味料を付け加えたが、人気メニューのひとつだった。

■ ■ ■

同じく、この本で紹介した豚鍋。これまた情けないことにお手軽である。

材料は豚ロースで、お肉屋さんでしゃぶしゃぶ用に切ってもらう。薄ければ薄い程、いい。その調理法も、まずは大き

な鍋に水を入れ、お湯を沸かし、お湯の三割程度のお酒を入れるだけ。お酒は出来れば辛口がいい。さらに贅沢をいえば、特級酒が望ましい。

そして、大きな鍋に皮を剝いたニンニクをひとかけ放り込み、その倍はありそうな、皮を剝いた生姜を丸のまま放り込む。

二、三分もすると、いい匂いが立ってくる。

そこへ豚肉を一枚ずつ各自がお箸で泳がせ（ただし、牛肉でなく、豚肉だから、多少は火の通りをよくし、ていねいに〝しゃぶしゃぶ〟して）、レモン醬油でいただく。

ことばを飾って、「レモン醬油でいただく」と書くと、大層なことに思われるかもしれないが、ありていにいえば、醬油にレモンを絞り込んだだけのこと。はじめは少し辛めだからレンゲで鍋のなかの汁を取り、少し薄めてもいい。

ひとわたり肉を食べたら、灰汁をすくい、ほうれん草を入れる。

このほうれん草も細かく刻んだりせず、ひげ根を取ったら、あとは手で二つに千切り、そのまま放り込む。さっと煮上がったところで、やはりレモン醬油でいただく。

あとにのこった肉のだしの出たつゆに小鉢に残ったレモン醬油をたらし、スープにして飲むと、体があたたまっておいしい。

「食らわんか」

■ ■ ■

……とここまで姉のエッセイに従ったり顔に書き、気がついて驚いた。

この本の撮影用につくった豚鍋は、姉のエッセイの通りではなかった。

私はニンニクも生姜も使わなかった。そのかわり、というわけでもないのだが、「レモン醬油」は「大根おろしにレモン醬油」となっている。

いつのまにか、豚鍋は自分勝手にひとり歩きしていた。酢っぱいものが苦手な母と長年暮しているうちに大根おろしが入り込んだらしい。久しぶりに邦子流豚鍋に戻してみようか、そんなことを思ったりしている。

■ ■ ■

言い訳めいて、お恥しいが、レシピなるものも、この本にかかわるなかで用意した。わが家のお惣菜には、実はレシピは存在しない。

なにしろお手軽だから、その日、そのときの気分といまそこにあるものがすべてだった。ひとさまに笑われ、呆れられ、姉には叱られそうだが、実にいい加減だった。

それでも、お手軽はお手軽なりの苦労や工夫はある。少しドキドキして、記憶を呼び覚まし、勘を取り戻そうとする。頭のなかや胸のうち、といったご大層な場所でなく、舌や鼻、目に問いかける。姉の言葉や表情を思い出そうとしている。そしてひと呼吸、おく。おまじないのように。

そのわずかな瞬間が、私にはかけがえのない時間であり、大切な儀式になっている。さんどさんどの食事にあきないのは、この時間と儀式のせいかもしれない。おまじないが通じなくて、出来はたまに不出来であっても、それはそれ。次があって、次にどんなことが待っていて、なにに出逢えるのか。自分でもまったくわからない。わからないからこそ楽しい。謎はひと筋縄ではなくて、お手軽に解けない方がいい。

姉が遺してくれたものはたくさんある。そのなかで真っ先に思い浮かぶものがある。

ものごとを頭で理解し、覚えることが大の苦手だった私にたっぷり時間をかけ、ゆっくり、のんびり、食べる喜びやつくる楽しさを教えてくれていたこと。知識としてではなく、身につけ

姉妹で作った料理で一杯　「ままや」にて
1980年　写真提供＝主婦の友社

させようとするわけでもなく、ぼんやりの私に気づかせてくれていた。

姉と私は胃袋の友、〝胃友〟だ。ひとり勝手にそう思っている。血のつながり、というのはどうも堅苦しくて、なじみにくい。胃袋でつながっている。だから、いちばん近い。もし私に自慢できるものがあるとすれば、胃袋でつながっている姉の存在かもしれない。

これからも大いに食べ、たくさん料理する。そばには、胃袋つながりの姉がいる。〝目サイン〟や少しふくれた姉の顔があり、トーンの下がった姉の声が聞こえる。

だから、食べたり、料理することが私は好きで、大切にしたいと思っているのだ。

若き日のポートレート

第五章

その素顔と横顔

エッセイの名手でもあった向田さん。『父の詫び状』をはじめとする『眠る盃』『夜中の薔薇』等の作品には、幼い頃の思い出や放送作家として独り立ちし、小説家になるまでの話などが、生き生きと語られています。邦子さん自身の言葉から生い立ちを辿り、また、親しかった植田いつ子さん、母・向田せいさんと末妹・和子さんが、没後十二年にして初めて「小説新潮」の座談会で明かした邦子さんの〝素顔〟を再録します。

向田邦子が語る「向田邦子」

七五三のお祝い写真　母・せいさんと

昭和四年（一九二九）……◆**〇歳**

十一月二十八日、父・向田敏雄、母・せいの長女として東京府荏原郡世田ケ谷町若林に生まれる。

昭和五年（一九三〇）……◆**一歳**

四月、宇都宮へ転居。

昭和六年（一九三一）……◆**二歳**

弟・保雄生まれる。

「お前はボールとウエハスで大きくなったんだよ」

祖母と母はよくこういっていたが、確かに私の一番古いお八つの記憶はボールである。

あれは宇都宮の軍道《ぐんどう》のそばの家であった。五歳ぐらいの私は、臙脂色の銘仙の着物で、むき出しの小さなこたつやぐらを押している。その上に黒っぽい刳り抜きの菓子皿があり、中にひとならべの黄色いボールが入っている。私はそれを一粒ずつ食べながら、二階の小さな窓から、向いの女学校の校庭を眺めていた。白い運動服の女学生がお遊戯をしているのが見えた。

お八つの時間『父の詫び状』

昭和十年（一九三五）……◆**六歳**

妹・迪子生まれる。

昭和十一年（一九三六）……◆**七歳**

四月、宇都宮市立西原尋常小学校に入学。
七月、東京市目黒区中目黒へ転居。
九月、目黒区立油面尋常小学校に転校。

昭和十二年（一九三七）……◆**八歳**

三月、肺門淋巴腺炎を発病。

病名が決った日からは、父は煙草を断った。長期入院。山と海への転地。

「華族様の娘ではあるまいし」

親戚からかげ口を利かれる程だった。

家を買うための貯金を私の医療費に使ってしまったという徹底ぶりだった。

父の禁煙は、私が二百八十日ぶりに登校するまでつづいた。

広尾の日赤病院に通院していた頃、母はよく私を連れて鰻屋へ行った。（中略）母は鰻丼を一人前注文する。肝焼がつくこともあった。鰻は母も大好物だが、

「お母さんはおなかの具合がよくないから」

「油ものは欲しくないから」

口実はその日によっていろいろだったが、つまりは、それだけのゆとりがなかったのだろう。（中略）

おばあちゃんや弟妹達に内緒で一人だけ食べるというのも、嬉しいのだがうしろめたい。

どんなに好きなものでも、気持が晴れなければおいしくないことを教えられたのは、この鰻屋だったような気もするし、反対に、多少気持はふさいでも、おいしいものはやっぱりおいしいと思ったような気もする。

どちらにしても、食べものの味と人生の味とふたつの味わいがあるということを初めて知ったということだろうか。

ごはん『父の詫び状』

昭和十三年（一九三八）……◆**九歳**

末妹・和子生まれる。

鹿児島で撮った家族写真　右端が邦子さん

昭和十四年（一九三九）……◆**十歳**
一月、鹿児島へ転居。

大人の本を読むことを覚えたのも、この頃だった。納戸に忍び込んで父の蔵書の一冊を抜き取り、隣りの勉強部屋で読みふける。（中略）

格別の才もなく、どこで学んだわけでもない私が、曲りなりにも「人の気持のあれこれ」を綴って身すぎ世すぎをしている原点——というと大袈裟だが——もとのところをたどって見ると、鹿児島で過した三年間に行き当る。

薩摩揚『父の詫び状』

戦前の夜は静かだった。

家庭の娯楽といえばラジオぐらいだったから、夜が更けるとどの家もシーンとしていた。（中略）

その中で忘れられないのは、鉛筆をけずる音である。

夜更けにご不浄に起きて廊下に出ると耳馴れた音がする。茶の間をのぞくと、母が食卓の上に私と弟の筆箱をならべて、鉛筆をけずっているのである。（中略）

その頃から鉛筆けずりはあったし、子供部屋にもついていたが、私達はみな母のけずった鉛筆がすきだった。けずり口がなめらかで、書きよかった。母は子供が小学校を出るまで一日も欠かさずけずってくれていた。

子供たちの夜『父の詫び状』

昭和十六年（一九四一）……◆**十二歳**
四月、高松へ転居。

昭和十七年（一九四二）……◆**十三歳**
三月、高松市立四番丁国民学校卒業。
四月、香川県立高松高等女学校に入学。
一家は東京市目黒区中目黒へ転居。

当時、高松支店長をしていた父が東京本社へ転任になり、県立高松高女に入ったばかりの私は一学期が済むまでお茶の師匠をしているうちへ預けられた。

東京風の濃い味から関西風のうす味に変ったこともあったが、おかずの足りないのが切なかった。父の仕事の関係もあって、いわゆる「もらい物」が多く、暮し向きの割りには食卓が賑やかなうちに育っただけに、つつましい一汁一菜が身にこたえた。

そんな不満が判ったのだろうか、そこの家のおばあさんが、「食べたいものをおいい。作ってあげるよ」といってくれた。

私は「ライスカレー」と答えた。

昔カレー『父の詫び状』

死んだ父は筆まめな人であった。

私が女学校一年で初めて親許を離れた時も、三日にあげず手紙をよこした。当時保険会社の支店長をしていたが、一点一画もおろそかにしない大ぶりの筆で、

「向田邦子殿」

と書かれた表書を初めて見た時は、ひどくびっくりした。（中略）

文面も折り目正しい時候の挨拶に始まり、新しい東京の社宅の間取りから、庭の植木の種類まで書いてあった。文中、私を貴女と呼び、

「貴女の学力では難しい漢字もあるが、勉強になるからまめに字引きを引くように」

という訓戒も添えられていた。（中略）

手紙は一日に二通くることもあり、一学期の別居期間にかなりの数になった。

字のない葉書『眠る盃』

九月、本人も目黒区中目黒へ転居。

昭和二十年（一九四五）……◆**十六歳**

「空襲」

この日本語は一体誰がつけたのか知らないが、まさに空から襲うのだ。真赤な空に黒いB29。その頃はまだ怪獣ということばはなかったが、繰り返し執拗に襲う飛行機は、巨大な鳥に見えた。（中略）

「かまわないから土足で上れ！」

父が叫んだ。

私は生れて初めて靴をはいたまま畳の上を歩いた。

「このまま死ぬのかも知れないな」

と思いながら、泥足で畳を汚すことを面白がっている気持も少しあったような気がする。（中略）

さて、このあとが大変で、絨毯爆撃がいわれていたこともあり、父は、この分でゆくと次は必ずやられる。最後にうまいものを食べて死のうじゃないかといい出した。

母は取っておきの白米を釜いっぱい炊き上げた。私は埋めてあったさつまいもを掘り出し、これも取っておきのうどん粉と胡麻油で、精進揚をこしらえた。格別の闇ルートのない庶民には、これでも魂の飛ぶようなご馳走だった。

ごはん『父の詫び状』

昭和二十二年（一九四七）……◆**十八歳**

四月、実践女子専門学校に入学。

学科のなかでは体操が好きで、体育専門学校へゆきたいと本気で考えたこともあった。こと志と違って、国文学を専攻したが、これも勉強よりアルバイトとバレーボールに血道をあげている時間のほうが長かった。

細い糸『夜中の薔薇』

六月、一家は仙台へ転居。弟・保雄と母方の祖父宅に寄宿。

母方の祖父の一番の好物は、七色とんがらしであった。

名人かたぎの建具師で、頑固だが腕はかなりよかったらしい。日露戦争の生き残りで、乃木大将の下で旅順を攻めた。私は戦後の一時期、この人とひとつ屋根の下で暮したことがあるが、今から思うと、なぜ当時のはなしを丁寧に聞いて置かなかったのかと悔まれてならない。

七色とんがらし『無名仮名人名簿』

昭和二十五年（一九五〇）……◆**二十一歳**

三月、実践女子専門学校卒業。
財政文化社に入社。

五月、本人も含め一家、杉並区久我山へ転居。

学校を出て就職した時、

「月給を貰ったら、まず祝儀不祝儀に着て行く服を整えるように」

と父にいわれたのだが、当時私は若い癖に黒に凝り、色の黒さも手伝ったのだろう、「黒ちゃん」と呼ばれていた。一年中を黒のスカートに黒のセーターやブラウスで通し、祝儀不祝儀の際も、

「黒ちゃんはそのままでいいよ」

と大目に見ていただいていた……。

隣りの神様『父の詫び状』

二十二歳の時だったと思いますが、私はひと冬を手袋なしで過したことがあります。その頃、私は四谷にある教育映画をつくる会社につとめていました。（中略）

私は何をしたいのか。

私は何に向いているのか。

なにをどうしたらいいのか、どうしたらさしあたって不満は消えるのか、それさえもはっきりしないままに、ただ漠然と、今のままではいやだ、何かしっくりしない、と身に過ぎる見果てぬ夢と、爪先き立ちしてもなお手のとどかない現実に腹を立てていたのです。

手袋をさがす『夜中の薔薇』

昭和二十七年（一九五二）……◆**二十三歳**

五月、雄鶏社に入社。「映画ストーリー」編集部に配属。

二十三歳の時から十年近く、私は映画雑誌の編集部にいた。月給は安かったが、役得で映画だけは試写室でタダで見られる。

ちょうど「ローマの休日」や「第三の男」が人気を呼んだ頃で、今から考えれば映画の黄金時代にあたっていた。

お釣り『夜中の薔薇』

就職して、ボーナスらしいものをもらったとき、私はその足で銀座にかけつけて水着を買った。「ルナ」のウインドーで、前か

ジャンセンの黒い水着姿

スキーに凝っていた頃

ら目をつけていたジャンセンの黒エラスティックの上等で、値段は四千五百円である。分に過ぎた買物と判っていたが、どうしても欲しかった。

「絶対に色は落ちないでしょうね」

くどいほど念を押してから包んでもらったことを覚えている。

青い水たまり『眠る盃』

昭和三十三年（一九五八）……◆二十九歳

十月、シナリオライターの集団に参加。初のテレビ台本「ダイヤル一一〇番」を共同執筆。

松竹本社の試写室で、毎日新聞の今戸公徳氏と一緒になりました。今戸氏は広告の担当でうちの編集部にもよく顔を出しておられました。

「クロちゃん、スキーにいかないの」

クロちゃんというのは私のあだ名です。夏は水泳、冬はスキー。白くなる暇がありませんでした。いつも黒いセーターや手縫いの黒い服一枚で通していたことも理由かも知れません。

「ゆきたいけど、お小遣いがつづかない」

「アルバイトをすればいいじゃないの」「でも社外原稿を書くとクビになるんですよ」

というようなやりとりのあと、このあと氏はお茶に誘って下さいました。松竹本社のそばにある新しく出来た喫茶店でした。

「テレビを書いてみない！」（中略）

「映画を沢山見ているから書けるよ」という今戸氏の言葉にはげまされて、新人作家でつくっている「Zプロ」の仲間に入れていただきました。週に一度、集って、日本テレビの「ダイヤル一一〇番」用のシノプシスを発表する。出来がいいと脚本にする――という段取りでした。（中略）

以来、お小遣いが欲しくなると、スジを考え、もってゆきました。スキーにゆきたい一心で、冬場になると沢山書くようになりました。いってみれば季節労働者です。

雄鶏社「映画ストーリー」編集者時代

（中略）

年代は覚えていませんが、フラフープがはやっていました。「黄色いさくらんぼ」が街に流れていたような気がします。このすぐあと、皇太子が正田美智子さんと結婚されて我が家もテレビを買いました。安保は次の年でした。この頃の私の財産は健康と好奇心だけでありました。

一杯のコーヒーから『女の人差し指』

昭和三十五年（一九六〇）……◆三十一歳

五月、女性のフリーライター事務所「ガリーナクラブ」に参加。「週刊平凡」「週刊コウロン」等に執筆。

十二月、雄鶏社を退社。

勤めはじめて七年目。ぼつぼつ仕事に馴れてあきて、スキーでうさばらしをしていたのだが、その資金かせぎで始めたアルバイトが段々と面白くなってしまったのだ。

結局、ミイラ取りがミイラになる形で、三年間の兼業ののち会社をやめて、ペン一本で食べることにしたわけである。

これとて、なにも、後世に残る名作を書こうとか、テレビ界に新風を吹き込んでやるぞ、といった御大層な気持は全くない。ただただ、私にとっては、未知の世界であり、好奇心をそそるなにかがありそうな気がしたからである。

わたしと職業『男どき女どき』

昭和三十六年（一九六一）……◆**三十二歳**

四月、「新婦人」に初めて向田邦子の名前で執筆。

昭和三十七年（一九六二）……◆**三十三歳**

二月、杉並区天沼へ転居。

三月、「森繁の重役読本」（TBSラジオ）スタート。

二千八百本つづいた「森繁の重役読本」そして「七人の孫」から「だいこんの花」まで——思えば、さしたる才も欲もないズブの素人の私が、どうやら今日あるのは、フンドシかつぎがいきなり横綱の胸を借りて、ぶつかりげいこをつけてもらったおかげと有難く思っている。

余白の魅力　森繁久彌『眠る盃』

杉並区天沼の家の前で
右から、父、母、和子さん、邦子さん

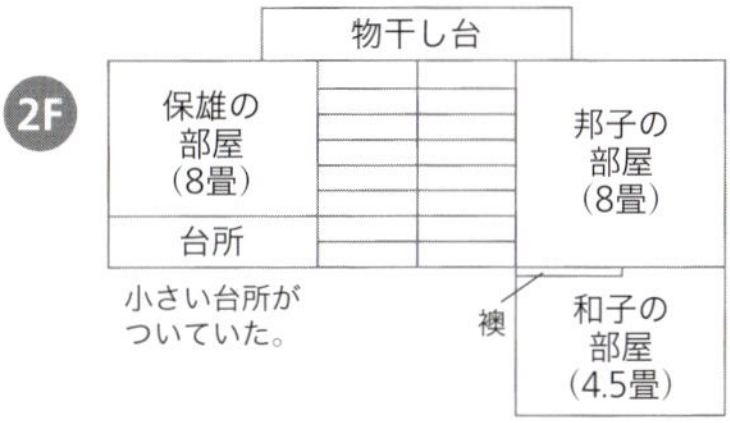

姉と妹の部屋は襖一枚で仕切られていた。邦子さんが帰宅し、灯がもれていると、「和子ちゃん、まだ起きてるの?」。決まって姉は妹に声をかけた。

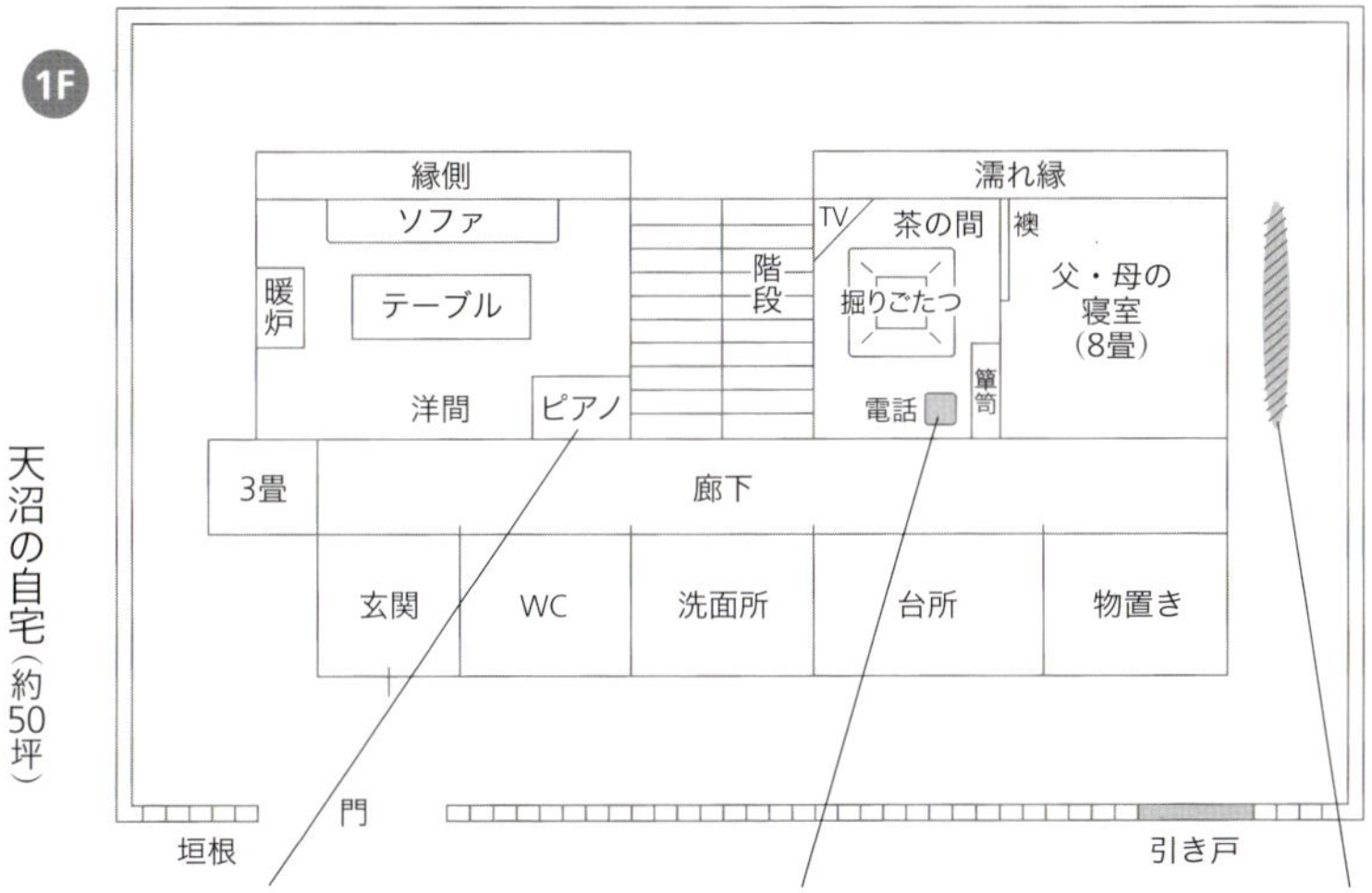

「もしあれば、弾いてみたい」。母のせいさんがふと洩らし、邦子さんが買ったピアノ。せいさんの十八番は、邦子さん脚本のドラマ「だいこんの花」のテーマ曲だった。

仕事の電話がかかってくると、邦子さんは困った。黒電話は持ち歩けないし、ドラマのスジはワケありで、親に聞かれたくない。邦子さんの引越しをうながした茶の間の困りもの。

向田家の隠し金庫？　邦子さん御招待の香港旅行へ出かける前、母のせいさんが大切なものを埋めようとしたのは、庭のこのあたり。

昭和三十九年（一九六四）……◆**三十五歳**

「七人の孫」（TBS）共同執筆、人気シナリオライターに。

十月、港区霞町のマンションで独立生活を始める。

テレビのドラマを書くようになって、一番気が重いのは電話でスジの説明をすることであった。

「関係」「接吻」「情婦」「妊娠」

三十過ぎの売れ残りでも、親から見れば娘である。物固い家の茶の間では絶対に発音しない言葉に、父はムッとして聞えない風をよそおい、母はドギマギして顔を赤らめている。

うちを出て「霞町マンションBの二」へ引越した時は、ほっとした。

徹夜で脚本を書き上げ、朝風呂に入って、好物の鰻重を頼み、ビールの小ビンをあける——親と一緒では絶対に出来なかったことをして浮かれていたのも、この頃である。

Bの二号さん『眠る盃』

些細なことから父といい争い、

「出てゆけ」「出てゆきます」

ということになったのである。

正直いって、このひとことを待っていた気持もあって、いつもならあっさり謝るのだが、この夜、私はあとへ引かなかった。

（中略）

父は、二、三日口を利かず、

「邦子は本当に出てゆくのか」

とだけ母にたずねたという。

隣りの匂い『父の詫び状』

昭和四十三年（一九六八）……◆**三十九歳**

八月、初の海外旅行（タイ、カンボジア）。

昭和四十四年（一九六九）……◆**四十歳**

二月、父・向田敏雄死去。

私の父は、六十四歳で心不全で死んだ。いつも通り勤めから帰り、ウイスキーを飲み、プロレスを見て床に入り、夜中の二時頃、ほとんど苦しみもなく意識が無くなり、私が仕事場から駆けつけた時は、まだぬくもりはあったが息はなかった。

隣りの神様『父の詫び状』

父は何でも正式に、折り目正しくするのが好きだったから、自分の葬式のときも、女房子供にワッと号泣して欲しかったことだろう。

ところが、うちの一家は、チョコマカした小者揃いである。

「遺族のかたは坐っていて下さい」

と叱られながら、やれ座布団が足りない、灰皿は大丈夫かしら、と飛び廻っていた。父はさだめし、口惜しく、成仏出来なかったに違いない。

やましい気持で四十九日が過ぎた。

その頃、私は友人たちと京都に桜を見に出かけた。（中略）

いつも通りのものを頼み、

「このわたも入れて下さいね」

こう言って財布を探しながら、私は笑い出していた。

このわたを好きな父は、もういないのである。いないのに、ついうっかりして頼んでしまったのだ。

「馬鹿だなあ。なにやってるんだろう」

大笑いに笑いながら、気がついたら私は泣いていた。

泣き虫『霊長類ヒト科動物図鑑』

昭和四十五年（一九七〇）……◆**四十一歳**

十二月、南青山のマンションへ転居。

昭和四十六年（一九七一）……◆**四十二歳**

十二月、世界一周旅行へ。

私は七年ほど前に、ラスベガスを振り出しにペルー、カリブ海のいくつかの島を廻ってジャマイカへ飛び、マイアミからポルトガル、スペインを経てパリ、ロンドン、モスクワと、まるで地球を蛸の頭とすると、斜めに鉢巻をした按配にかけ足で廻ってきた。

東京で留守番役の老いた母に小さな地球儀を贈り、いま自分の娘がどの辺りにいるか勉強して頂戴よ、と言って聞かせた。

静岡県日光市『無名仮名人名簿』

昭和四十七年（一九七二）……◆**四十三歳**

十一月、「だいこんの花」パートIII（NET）単独執筆。

十六日間のケニア旅行。

昭和四十九年（一九七四）……◆**四十五歳**

一月、「寺内貫太郎一家」（TBS）放映開始。

寺内貫太郎
東京谷中《やなか》にある「寺内石材店」通称「石貫」の主人。（中略）

一男一女の父。口下手。ワンマン。怒りっぽいくせに涙もろい。カッとなると、口より先に手が飛んで、相手は二メートル先にけし飛んでいる。（中略）憎まれたり恨まれたりの後くされがあったためしはない。いや、それより、貫太郎の持つ情の濃さ、やさしさを、まわりの人間はよく判っているからだろう。目方も人の倍なら、思いやりも人の二倍は持っているのである。ただし、稀代のテレ屋なので、情愛の伝達をひどく恥しがる。（中略）

好きなもの
義理人情。日本晴れ。富士山。子供。「勘太郎月夜唄」。赤飯。

嫌いなもの
嘘。不作法。おべんちゃら。蜘蛛《くも》とネズミ。ウーマン・リブ。つけまつ毛。

身上調査『寺内貫太郎一家』

脚本を手がけたドラマの台本

昭和五十年（一九七五）……◆**四十六歳**

四月、小説『寺内貫太郎一家』刊行。

十月、乳癌手術。

昭和五十一年（一九七六）……◆**四十七歳**

二月、「銀座百点」に「父の詫び状」連載開始。

三年前に病気をした。病名は乳癌である。病巣は大豆粒ほどで早期発見の部類に入るそうだが、この病気に百パーセントの安全保障はない。退院してしばらくは、「癌」という字と「死」という字が、その字だけ特別な活字に見えた。（中略）

「銀座百点」から、隔月連載で短いものを書いて見ませんか、という依頼があったのは、退院して一月目である。どうやら私の病気のことはご存知ない様子である。（中略）

考えた末に、書かせて戴くことにした。テレビの仕事を休んでいたので閑はある。ゆっくり書けば左手で書けないことはない。こういう時にどんなものが書けるか、自分をためしてみたかった。テレビドラマは、五百本書いても千本書いてもその場で綿菓子のように消えてしまう。気張って言えば、誰に宛てるともつかない、のんきな遺言状を書いて置こうかな、という気持もどこかにあった。

『父の詫び状』あとがき

昭和五十二年（一九七七）……◆**四十八歳**

一月、「冬の運動会」（TBS）放映開始。

昭和五十三年（一九七八）……◆**四十九歳**

五月、東京・赤坂に「ままや」開店。

おいしくて安くて小綺麗で、女ひとりでも気兼ねなく入れる和食の店はないだろうか。切実にそう思ったのは、三年前からである。仕事が忙しい上に体をこわしたこともあるが、親のうちを出て十五年、ひとりの食事を作るのに飽きてくたびれたのも本音である。（中略）

おかずを作るのに飽きたのなら、おかずの店を作ればいいのである。（中略）

店の名は「ままや」。

社長は妹で私は重役である。資金と口は出すが、手は出さない。黒幕兼ポン引き兼気の向いた時ゆくパートのホステスということにした。

「ままや」繁昌記『女の人差し指』

七月、「家族熱」（TBS）放映開始。

十一月、初のエッセイ集『父の詫び状』刊行。

何様《なにさま》でもない平凡な一家族の、とりとめない話をする面映ゆさはあったが、子供の頃を思い出し思い出しして書いているうちに、気持も右手も柔かくなってくるのが判った。連載は編集部のおすすめに甘えて、二年半お世話になり、思いがけず一冊の本として世に出ることになった。（中略）

はじめの一年、「癌」と「死」の字が目に飛び込んだと書いたが、二年目に入ると、「生」という字が心に沁みた。しかし、この頃では、三つの字を見ても前ほど心が騒がなくなった。

『父の詫び状』あとがき

昭和五十四年（一九七九）……◆五十歳

一月、「阿修羅のごとく」パートⅠ（NHK）放映開始。

一年に一本でもいい、五年十年たっても忘れさせない、寒気のするような凄い台本を書くか、さもなかったら、身体を大事にして長期戦にそなえるかのどちらかであろう。

私は生れ月が射手座で（この星は口に毒があり、ひとつところにじっとしていられないオッチョコチョイが多いとか）ねばり気ゼロの人間だから、せいぜい胃袋を大切にして、この前代未聞の怪物との闘いに備えようと思っている。

胃袋『女の人差し指』

二月、鹿児島旅行。

帰りたい気持と、期待を裏切られるのがこわくてためらう気持を、何十年もあたためつづけ、高い崖から飛び下りるような気持でたずねた鹿児島は、やはりなつかしいところであった。

心に残る思い出の地は、訪ねるもよし、遠くにありて思うもよしである。ただ、不思議なことに、帰ってくるとすぐ、この目で見て来たばかりの現在の景色はまたたく間に色あせて、いつの間にか昔の、記憶の中の羊羹色の写真が再びとってかわることである。

鹿児島感傷旅行『眠る盃』

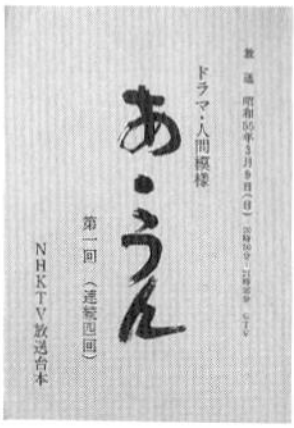

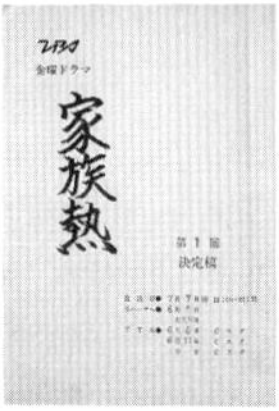

向田さんが生み出したヒット作の台本の数々　かごしま近代文学館蔵（前頁、次頁も）

五月、「週刊文春」に「無名仮名人名簿」連載開始。
九月、ケニア旅行。
十月、エッセイ集『眠る盃』刊行。
十一月、母、妹たちを伴い鹿児島へ。

昭和五十五年（一九八〇）……◆五十一歳

一月、「源氏物語」（TBS）放映。
「阿修羅のごとく」パートⅡ（NHK）放映開始。
二月、「小説新潮」に連作短篇小説「思い出トランプ」連載開始。
北アフリカ旅行（マグレブ三国）。

アフリカはケニヤに半月ほど遊んで動物を見たし、チュニジアとアルジェリアも覗いたが、私を引きずり込んでしまったのはモロッコだった。（中略）

日本語の形容詞には見当らない色、景色、音――全く異質の、未紹介の文化がここに残っているという気がした。

モロッコの市場『女の人差し指』

直木賞受賞の記者会見

三月、「あ・うん」（NHK）放映開始。
五月、「週刊文春」に「霊長類ヒト科動物図鑑」連載開始。
ギャラクシー選奨受賞。
七月、「幸福」（TBS）放映開始。
「思い出トランプ」の中の「花の名前」「かわうそ」「犬小屋」で直木賞受賞。

もぐらがやみくもに穴を掘るように、なにか面白いことはないか、もっと面白いことはないかと、ぼんやり歩いてきた歳月だったような気がしている。ぼんやり過して来た歳月の延長線上に、思いがけなく直木賞があった。

　小説家になりたいなど、ただの一度も考えたことはなかった。なれるとも思っていなかった。

細い糸『夜中の薔薇』

八月、エッセイ集『無名仮名人名簿』刊行。

十二月、小説集『思い出トランプ』刊行。

　紅白歌合戦の審査員を務める。

昭和五十六年（一九八一）
一月、「蛇蠍のごとく」（NHK）放映開始。
二月、「隣りの女」ニューヨーク・ロケハンに同行。

　心に残って何度もたずねたのは、ヴィレッジやソーホーと呼ばれる地域でした。

　五十年も前の倉庫が、いまはいい色に古びて、荒れて、それがひとつの風情になっているのです。こわくてさみしくて、荒れていて――それが妙にいいのです。それをモダンに住みこなしている人たちをすばらしいと思って帰ってきました。

ないものねだり『女の人差し指』

五月、「隣りの女」（TBS）放映。

　「続あ・うん」（NHK）放映開始。

　ベルギー旅行。

　長篇小説『あ・うん』刊行。

六月、ブラジル・アマゾン旅行。

七月、「週刊文春」に「女の人差し指」連載開始。

　「小説新潮」に連作短篇小説「男どき女どき」連載開始。

八月二十二日、台湾旅行中に航空機事故で死去。享年五十一歳。

九月、エッセイ集『霊長類ヒト科動物図鑑』刊行。

九月二十一日、東京・青山斎場にて葬儀。

十月、小説集『隣りの女』、エッセイ集『夜中の薔薇』刊行。

十二月、『向田邦子TV作品集』刊行開始。

昭和五十七年（一九八二）
三月、放送文化賞受賞。
八月、エッセイ集『女の人差し指』、小説およびエッセイ集『男どき女どき』、『向田邦子全対談集』刊行。
十月、向田邦子賞（テレビ脚本のすぐれた成果に対して）が制定される。

◎年譜作成にあたり、『向田邦子全集』（文藝春秋）、「向田邦子の魅力」展図録（かごしま近代文学館）、「向田邦子の世界――没後十年、いまふたたび」展図録を参考にしました。また脚本については、主要作品のみを掲げました。

「楽しむ酒」直筆原稿

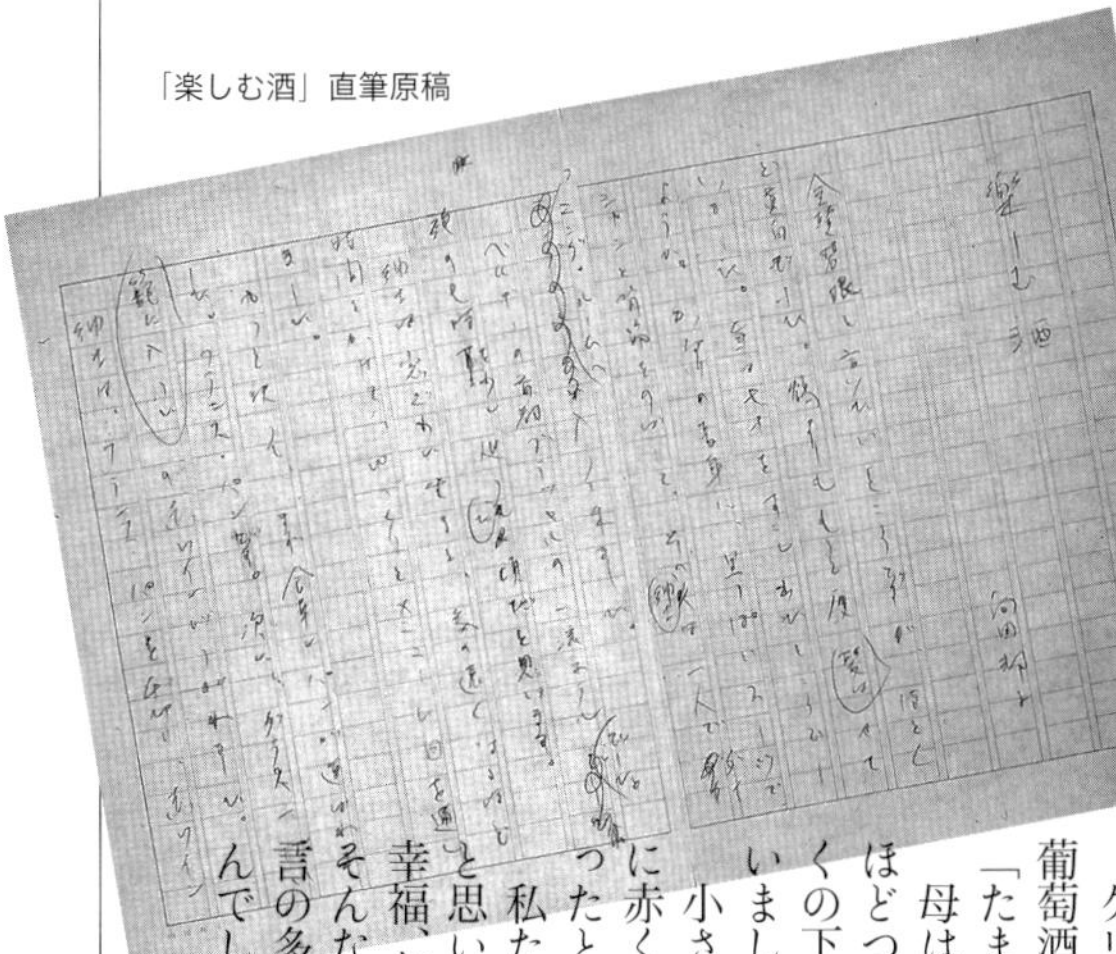

クリスマスの夜など、きげんのいい父は、母にも葡萄酒をすすめることがありました。

「たまには、お前もつきあいなさい」

母は自分用のごくごく小さいワイングラスに半分ほどつぎ、白砂糖を入れてお湯を注ぎます。母は全くの下戸なのですが、こうするとおいしいといっていました。

小さい赤いグラスがカラになる頃、母の顔は代りに赤くなります。どういうわけか足の裏がかゆくなったといって足袋を脱ぎ、笑い上戸になりました。

私たち子供は、そういう母を、ちょっと綺麗だなと思い、浮き浮きした気分で見ていました。家庭の幸福、などということばはまだ知りませんでしたが、そんなものを感じていたと思います。いつもは口叱言の多い父も、母のほろ酔いには、文句を言いませんでした。


絶筆となったエッセイ・楽しむ酒『夜中の薔薇』

※座談会（抄録）※

素顔の向田邦子

**気働きがあって、愚痴は決して
こぼさない努力家――。
誰からも愛された向田邦子さんの
ちょっと意外な素顔。**

※**植田いつ子** うえだ・いつこ

皇后美智子様のデザイナー。植田いつ子アトリエ主宰。桑沢デザイン研究所講師。舞台衣裳、オートクチュール、プレタポルテ、ジュエリーデザインなど、幅広く活躍。

※**向田せい** むこうだ・せい

向田邦子の母。明治40年生まれ。「父の詫び状」をはじめとするエッセイの中で数多く登場。向田さんの上質のユーモアは、せいさんの血を色濃く受けついでいる。

※**向田和子** むこうだ・かずこ

向田邦子の末妹。OLから転身し喫茶店経営を経て、姉・邦子とともに東京・赤坂に惣菜・酒の店「ままや」を開店。平成十年三月に閉店するまで、二十年間切り盛りした。

恒例の花見、物真似上手

植田　桜の花、今、散ってるでしょう。向田さんといつも二人で朝の九時頃から千鳥ケ淵に行ってたんです。今でも花の時季には毎朝行くんですが……もうダメなんですよ、涙が出て……。爛漫《らんまん》と咲いた桜の花の下を二人で黙って歩き、「お茶でも飲もうか」って、フェヤーモントホテルのコーヒーショップに行き、また、黙ってコーヒーを飲み、じゃあねって、それから私は仕事場へ行き、向田さんは家に帰って仕事をする……それが毎年恒例でした。花を見ながら、なんにも話してないのね。でも、やっぱり桜の時季になると、電話がかかってきてね……いつもお花見は一緒でした。今日も桜が散ってましたでしょう、花吹雪がつらいのね……。でも、時々ぽつんと、ゆうべは夜桜見に、母とハイヤーで回ったのよって言ったりして……あれは別れの少し前でしたね。

せい　なんか、夜桜見に行ったらっていうんで、やたら誘って連れてってね。

植田　でも、あとから、うちの母、おかしな言い方をするのよって、お母様の口ぶりをちょっと真似して（笑）。

和子　やっぱりそこで物真似するでしょう。

せい　私、ちょっと笑い上戸でしょう、だもんだから。

右から、植田いつ子さん、向田せいさん、和子さん
せいさんの自宅にて　撮影＝田村邦男／新潮社

植田　よくわかるの。お母様の、その口ぶりとか、間の取り方とかね。

せい　人の真似するの上手ね。

植田　あたしの真似もしてたんでしょう。

和子　そう。なにかっていうと「いつ子さんね、こうなのよ」って、もうパッとやっちゃう。それがほんとにうまいの。

せい　うまかったわよ。車に乗る時の恰好なんて、うまかったわね。

和子　だから、会ったことのない人、ディレクターにしても、編集者の人にしても、あの人はこうなんだよってワンポイントがとっても上手なの。だから、姉が死んでから、その人に会った時に、なんかクスっていう感じ。

植田　よく似てるからね。

和子　あの人はこういう人だ、こういうところが……それは欠点じゃないんだけど。

植田　それは勘所なのね。

和子　それがとっても面白い。

植田　実に、ぐさっと中枢をとって摘出する。やっぱり作家の目なんでしょうね。

父ゆずり、母ゆずり

植田　向田さんはほんとに集中力がね、凝縮してぱっと。だから遊ぶのも一生懸命。でも学校では一生懸命やるんですね。

せい　縄跳びだなんていったら……。鹿児島では朝、学校の始まらない前に、高《たか》箒《ぼうき》持って学校の周りを掃くとかって。ずいぶん寒い時でも、苦にしませんでしたね。しなぶれていくっていうことがなかった。

植田　うん？

せい　しなぶれてる。がっかりして困ったとかっていうとこは見せませんでした。

植田　そういうとこは決して人に見せないですよね。

せい　気が強いんですよ。

植田　いや、そうじゃなくて、人に対するいたわりがね。そういう顔を見せたら、見た人は気を遣いますでしょう。それを見るのが耐えられなかったんじゃないですか。だから、気楽にそう自分を見せかけていらして。本当はそうじゃないですけどね。

せい　伝研（肺門淋巴《リンパ》腺《せん》炎で入院）から退院した時に、少しゆっくり寝てたほうがいいって言われても、じっと寝てるっていうことがないですね。私の母が、この子は、布団に入ってるっていうより、布団に入って暴れてるんじゃないのって。それで必ずなんかしら本を読んでましたね。本は好きでしたね。

植田　よくおっしゃっていたのは、うちの家庭は、なんにも自慢することはないんだけど、本だけは潤沢にあったわねって。

せい　鹿児島の家は六畳のお納戸に全集物やなんか、主人の本が入ってまして、その隣が子供部屋だったんです、邦子と保雄（向田邦子さんの弟）の。ですから、隣のお納戸へ行っていくらも本を捜せるんですよ。私ども、昭和三年に結婚したでしょう。四年に邦子が生まれたんですけど。昭和三年の時に家賃が十六円で、本代が十四円ですもの。

植田　でも、向田さんは、父はとても勉強したかったんだと思うのよって言ってられました。だから本がたくさんあったことだけは、私は幸せだったたって。

せい　主人は私と結婚する前に『ホトトギス』っていう雑誌の会に入っていて、ああいうことが好きだったらしいですね。

植田　だからその血があるんですよ。

せい　そこはよく似ていますね。

植田　そしてね、何か真面目に話しているかと思うと、ひょっとひっくり返す、あのユーモアはお母様ゆずりね。

せい　私、ユーモアもなんにもないですよ。

植田　あの豆しぼり（「隣りの神様」――よく失敗するせいさんが、御主人の敏雄氏が死去した時、白布のかわりに豆しぼりの手拭を顔にかけてしまったという話）、本当の話ですか。

せい　主人が死んだ時の。あれ、嘘ですよ（笑）。うちに豆しぼりの手拭なんてないですよ。私、あれ読んだ時に、なんで邦子がこんな面白いことをって……。何を思って書いたんですかね。

和子　でもね、正直言って、あの時、姉がいちばん動揺したと思う。その裏返しみたいなもので。

せい　だってね、ストッキング……うちへ来た時に、一足履いているでしょう。その中にまた一足あったの。あわてて二足はいちゃってたみたいよ。

和子　なんせ仕事がどうにもならないから、帰らなきゃならないって言った時に、ぽろっとスラックスの裾から余分のはいてない靴下が出てきたの。父も元気だったからまさか死ぬなんて思いもしないので、兄が、ちょっと並じゃないからって電話したら、なんで行かなきゃいけないのっていう声だったらしいんですよね。それで、三つ葉と……。

せい　私がお酒の肴に苦労するもんで、三つ葉と干物かなんか持ってきたの。

和子　あと、ささみかなんかかな、そういう冷蔵庫の中にあるものをばたばたっと入れてきたぐらいなんだけど。でも、駆けこんできた時は、救急車来ないとかって言っている時で。だから姉がいちばんショックだったと思う。うちの姉、父を好きだったと思うんですよ。

植田　お父様は大好きでしたよ。

和子　それはほんとに。影響もあるし。その裏返しに、時々父にものをあげても、黙っていればいいのにちょろっと言うのよ。父が「いいペンシルだね」って言うと、新しいんだから「そうなのよ、探したのよ」って嘘ついとけばいいのに「ああ、これ、景品よ」なんて言うから「景品なら俺にくれるのか」って、父がまたプッとして「要らないよ」。黙っていりゃいいのに（笑）。

植田　ほんとうにあの人はそういうところがあった……非常にシャイなのよね。

和子　だから照れみたいなのがあるんだと思うの。で、ひとこと多くなる。

せい　うちを出た時だって、ちょっとしたことなのよ。私、白内障で順天堂病院へ行ってたんですよ。そうしたら、お母さんに眼鏡をつくってあげるからお父さんもおんなじのつくったらって。で、一緒に「松島」へ行ったのね。帰ってきて、うちにあった黒い縁の眼鏡を主人が、こっちかけたらどうだっていったら「それよりやっぱり、お父さん、今つくったほうが明るくていいですわ」ってこう言えばいいのよ、邦子も。それを「あら、その黒いのかけるとまるで死んだ時みたい、仏さんみたいよ」って言ったもんだから、主人が「ばかっ！　親の死ぬのを待ってるのか！」っていうんで、チャンバラになっちゃったの。

ツボを心得た質問、実は勉強家

植田　向田さん、器用でしたね、なんでも工夫して、つくってね。

せい　器用でしたよ。仙台にいる時の、帽子と、浴衣でつくったサマードレスとボレロ、とっとけばよかった。

和子　あの人の特技は、なんでもアイデアなんだから。ほどいてみると、全然へんなんだけど、出来上りはいいの。私、学校で洋裁あるでしょう。袖付けなんかうまくいかないと、姉が帰ってくるのを待ってるの。そして、袖付けがなんていうと、張り切ってやってくれる。それにね、見ててわかるの。衿がここのところへ行って、一、二ミリ違うよって言うと、ほんとに違うのよ。

植田　実際にやらなくてもね、これはもう一ミリって。

和子　そう。ああいうのがすごいわよ。

植田　カンね。何をしても何を見ても、勘所のとり方が見事に決っちゃうんですよね。だから向田さんの洋服を私がつくる時、勝負服とか言ってたように、機能的に。これは書く時の洋服だから、ここが動かないとだめとか。それから今度はこういうような目的のために着るって。ですから洋服の頼み方としては、いちばん素晴らしいやり方。十のうちに勘所の二、三をぴっとおさえて、それであとは黙ってまかせてくれるの……。

和子　何に対してもそうなの。お料理つくるのも。

植田　たとえば、骨董屋さんに行くでしょう。いいものをぱっと見といて、自分でわからない、訊きたいことは、骨董屋さんのご主人に、ほんとにツボを心得た質問をするんですよ。自分が興味があることをそこのお店で勉強して、欲しいものは買ってきてね。

和子　実に勉強家よ、あの人は。凝るとすごい勉強をするのよ。それで、その時集中しているものというのは、結構人に言いますよ。

植田　そうね。おしゃべりしながら、今これに夢中なんだなということがわかるわね。

和子　でも、それをするために、しょっちゅう、ちょっと時間があったら、骨董屋に飛び込むものね。それでぐるんと回って、あなた、どれが気に入ったって訊くんです。あれがよかったって言うと、まあ、いい線でしょうとかね、そういう言い方なの。理屈は言わないし、言っても私にわかんないと思うし。でも、そういうふうなこと楽しみながらやっちゃうのね。なんせね、あの方は熱中したら徹底的にやるんだから。ボウリングだって球までこしらえたのよ。あるところへいくまでは一生懸命なの。結構、努力家ですよ。でも、ほんとのところ自分は努力家だって言ったのは、ほんの亡くなる前ぐらいよ。

植田　表向きには努力とか一生懸命って大嫌いだって書いてるでしょう。でも、努力の人ね。

和子　大っ嫌いなのよ。ほんとに嫌いなのよ。だから、見せないのよ。そこのところは、見事でしたよね、完璧に近かった。

「ひとつでも欠けたら、大弁償だから」

せい　愚痴がなかったわね。愚痴は言いたかったでしょうよ。私はそう思う。

植田　向田さんはね、潔いとこありますでしょう。私は、あの方の潔くて粋《いき》なのがほんと大好きなんですけども。言ってもせんないことはさあーっとはしょるの。私も愚痴を言うのいやなのね。仕事してると、後ろ振り返ったり、エクスキューズしたらもう、きりがないですしね。向田さんとの話は、二人ともいつも前向きだったから。

和子　言ってもしようがないことって絶対言わない。いろんなことでマイナスっていうのはありますよね、自分のもっている。でも、そういう環境にあるからそのことがよくわかるっていうことは、絶対いいことだから、マイナスに考えたらだめだっていうことはすごく言われましたよ。

せい　もののないころは、きょうだいのために結局いろんなものをつくらなくちゃならないでしょう。でも、いやだとかってことはひとつも言ったことはないですね。

和子　ただ、言ったことは、私は一生分、洋服も編物もしたから、もう卒業って言ったただけ。でも、やっぱり人がやってると気になるらしくて「あんたちょっと衿、ここ違う」って言う。

植田　洋服屋さんとしてはね、ちょっと出来上りが、私もそういうとこはべつに隠さないもんで「ちょっとへんね、ここが」って言うとね、「そう。さっきからへんだと思ってたけど、いつ子さんが言いだすのを待ってた」って。

和子　センチとかグラムとか、へんなところはすごい神経質よ。

植田　でも、いかにも相手の逃げ場がないような言い方をしないんですよ、あの方は。そこが私なんかはほんとに感動してたんだけど。だから「ほんとへんね、じゃあ直そう。明日でいい？」とかって言って、もうそれで終りなんですよね。

　それから、お宅でお茶いただいたりなんかしてて、ときどきフッと気がついて「御馳走になって悪いから、お茶碗は私が洗うわ」って言いますと「いやあー、うちの茶碗は高いんだからね」って言ってね。高いんだからっていうことは、割ったらだめだっていうことでしょう。「またそういうこと言って。どうせ高いんでしょうけど、茶碗ぐらい洗わせてよ」って言うと「いや、いいの。ひとつでも欠けたら、大弁償だから」。そうすると、私は立往生でね、じゃあってまたテーブルに持って帰るの。結局、私に洗わせないようにするわけ。そういう独特のあの方の、なんというんでしょうね、人に気を遣わせない、思いやり……。

「気なんか遣ってないのよ」

和子　姉は弱気じゃない人だけど、手術やなんかしてね。フッとだれでも人間って接点と接点のトンと落ちちゃう時ってありますよね。そのときにフラーッと、私の勤めてた日本橋に来たんですよ。それで、御馳走してくれてね、あなたに迷惑かけたわねって。私なんか姉に年がら年中迷惑以外の何ものでもないと思うんだけど（笑）。あの人はやってあげるのがあたりまえっていう考えだから、自分が入院した時に……。

植田　和子さんにお世話になったからね。

和子　そう。でも、私、姉の性格は少しわかってるから、頼まれたこと以外はしないです。余計なことすると癇に障るような人だから。言われたことをやれば、まあくたびれないなと思って、それだけやるんだけど。姉にとっては、それは、とっても悪いことっていうか、気の毒だったねっていう感じなのよ。それで、昼、電話かけてきて。そういう時は、あの人、妹とでも必ず時間より前に来てるの。私待ったことないの、必ず先に来てるの。それで御飯御馳走してくれて、靴と口紅かなんかもらったかな。それもね、最初に渡さないで、帰る間際になって、これって言うだけなのよ。

植田　そうなの。人にものをあげる時でも、相手がもらってる感覚をなくしていくような感じでね、気を遣う……なかなか出来ないことです。

せい　お友達にでも、きょうだいでも、あの人にこれをしてあげたっていうことは絶対言わないですね。

和子　それは言わなかったわね。なんでそんなに気を遣うのかなって、私なんかすごく思ったわよ。

植田　気を遣わなくていいのよって私が言いますでしょう。そうすると「気なんか遣ってないのよ」って。やっぱりそれがほんとに身についたもの、もうお人柄としか言いようがないんですよね。

百二十の力、めぐりあわせ

和子　直木賞取ったときはやっぱり嬉しかったみたいね。

植田　それは嬉しかったと思うわ。

和子　自分も意外だったみたい。連載途中で選ばれることってないんですってね。だから取れないだろうけど、書きはじめてすぐに選ばれたということはすごいことなんだってさって、私に言ったの。取った時も知らせてくれて。でも、こっちはその大きさっていうのがよくわからないから、ああそうって、それだけ。だいぶたってから姉が、あなたね、人生捨てたもんじゃないわよって言うのよ。五十になって、直木賞いただいて、この年になってスタートラインに立ったって。人間ね、八十の力しかないって思ってても、なにかの拍子で百二十に評価されちゃうと、人間って百二十の力になっちゃう。だから、あなただって頑張れっていうようなことなんだけど。それをほんとに嬉しそうっていうか、うちの姉がそういうこと言ったのをはじめて聞いたの。人間って、だれでもがそういうふうに褒められたりされるっていうことは、すごく励みになるっていうことを言ってました。

植田　和子さんが引っ込み思案っていうのを意外と気にしてらしたのよ。だから、和子は、自信つけないといけないって。直木賞取って、自分も嬉しいんだけど、それと一緒にあなたに対して、やっぱり励ましたのね。

和子　たぶんそういう意味で私にも言ったんだと思う。

せい　死ぬ年はずいぶん遠くへ行きましたね。海外へね。

和子　あれは、なんかサイクルが変わっちゃったのね。

せい　なんかつままれたみたいにね。

和子　とりつかれちゃったみたいだったのね。でも、うちの姉も長生きするつもりでいたのよね。そしたら植田さんのところにもバスで行けるとかね、言ってたのよ。

植田　その話ね。実は、私がマンションを捜してた時に、向田さんのところとも私の仕事場とも近いという、そういうところがないかっていうんで、あの忙しい中で、青山とか赤坂とか、結構、幾つか二人で見たんですよ。それでね、私が見つけたところで、場所はいいんだけど、ちょっと手がでないって言ったら、それはなんとかなるわよ、見てあげるって、パーッと飛んできて、そして言ったことがね、ここはそっけなくっていいって。そっけなくっていいっていうのは建物に飾りがないんですよ、うちのマンション。年取ってからショートケーキみたいなマンションには住みたくないでしょうって言うの。それから、マンションは、表側だけ見てもだめ、水まわりとかなんかがちゃんとなってないとよくないって、私の気がつかない隅っこのドアなんかみんな開けてみてね、ここがいいよ、造りがよく出来てるし、何よりバス一本だしって。表参道からバスがあったんです。今は地下鉄が半蔵門のとこにできたんですけど、そのころは無くて……私たち、今は現役で頑張ってるからハイヤーでもタクシーでもじゃんじゃん使えるけど、年取ったらバスで行き来するのもいいから、ここにしなさいって。停留所のすぐ前だったんです。

せい　年取っても植田さんのところへ行けるように考えたのね。

植田　バスで行ったり来たりするのもいいよっていうね、その言い方が忘れられないですね。

和子　だから、事故は予定外よね。

せい　まあ、夢ですね。

植田　ほんとうに……。

せい　よく涙が出るっていうけど、テレビを見た時、私はもう涙も出ませんでしたよ。もう泣いてもしかたがない。これで心臓が悪くなってわたしが横になっちゃったら、なお手間がかかるから、もうどうしようもないって、そう思うよりしかたなかった。まあ、ほんとにこれはどうしようもないめぐりあわせでしたわね。

（一九九三年四月十日、向田せいさん宅で）

◎初出＝「小説新潮」一九九三年八月号
新潮社

ただいま修行中

向田家のおもてなし

向田和子

向田家のおもてなしについて、なにか書いてくださいという。

御紹介するのも恥ずかしい、というのが本当のところだ。

姉が『父の詫び状』でも書いているようにおもてなし〝もどき〟はあったと思う。

思い出すのは、やはりおやつだ。

おやつは朱赤や黄色、黒の縞の塗り物の菓子器に盛られた。木の根の切り株みたいな大きな漆の器に塩せんべい、砂糖せんべい、瓦せんべい、芋せんべい、かりんとう、おこし、鈴カステラ、ビスケット、切り飴、味噌パン、きなこ飴、梅干し飴、さらし飴、キャラメル、ドロップ……あの頃、食べたものが目に浮かぶ。その時々で手近にあったお菓子が漆器に三種盛りになった。私たち向田の子どもは気まずい思いを味わうどころか、誇らしげに漆器に手を伸ばしていた。

■ ■ ■

朱赤の菓子器には塩せんべいと鈴カステラ、さらし飴。お茶はいつも母がいれてくれた。おやつをお盆に盛って、皿と一緒に運ぶのは子どもの仕事。母は挨拶もそこそこに退散し、子どもの話にはめったに割り込んだりしなかった。

到来物のカステラや軽羹、和菓子（練り切り、お饅頭、最中）、羊羹のたぐいはあまりなかった。

■ ■ ■

普段、なかなか口に入らないごちそうがあるときは、運がよく、自分の友だちがいれば、まさにもうけもの。宙に舞い上がりたい程うれしく、反対に姉たちの友だちが遊びに来て、こちらにお客さまがいないと最低だ。食い気なら姉たちに負けず、食い意地は姉妹そろって張っていたから、カステラを切る母の手元をじっと恨めしそうに見つめていた。

母はカステラのはしをほんのちょっぴり、下についている薄紙の砂糖のジャリジャリをこすり、私の皿に取り分けてくれた。

「お姉ちゃんの友だちが今日は来てるから。和子ちゃんの友だちでも、誰のときでも、みんな一緒よ。気持よく、お姉ちゃんのところへお出しして来てね」

母は噛んでふくめるように私にお盆を持たせた。

——みんな一緒……。でも、ほんとうにそうなのかな……。

胃のあたりが異議を唱え、お盆の上に暗い目を落とした。

母にいくらおねだりしても、聞き届けてくれそうにない。諦めるしかなかった。

運とか不運とか、どうにもならないことがこの世にはあって、諦めということを知り、ひとつ大きくなったのは、もしかすると、このときのカステラによってかもしれない。

■■■

素直にただ諦めてばかりいたわけではない。困ったときは邦子である。

私の友だちが遊びに来る日を、さりげなく姉に伝えておく。すると姉らしい工夫のひと品が用意されていた。

寒天をつかった「水羊羹もどき」というおやつがあった。味気ない寒天にシロップをかけたもので、たしかあれは果物の缶詰の残りだった。

邦子が学生時代にアルバイトをしたり、社会に出て働き始めてからは、つくるのではなく、買いものが専門になった。アップルパイ、レモンパイ、チーズケーキ、チョコレートの詰合せ……うちの菓子器にない、珍しいものがお目見えした。

そのうち、

「だれを呼んでるの？」

姉から楽しそうに訊かれるようになった。いやな顔、面倒くさそうな表情をされたことはなかった。「忙しいからダメ」と断られたことは一度もなかった。

同じものの繰り返しにならないよう姉は前に出したものを覚えていた。

■■■

姉がおもしろ可笑しく書いたせいか、父はすぐ癇癪を起こし、あたりを怒鳴り散らす、おっかない人と思われているのではないか。たしかに人付き合いはあまり得手ではなかったようだが、話し上手で、姉同様、〝のぼせ性〟で〝凝り性〟だった。

これと決めると、同じものを食べつづける。なかでも思い出すのは鱈ちりで、鱈の干物に凝りまくり、タラ～タラの毎日があった。

トランプ、花札、麻雀、パチンコ……ひとたびハマると、もう手に負えない。しかも楽しみをひとり占めにしておけず、お仲間を求める。教育上、あまりよろしくない、そんな大人の遊びの相手を私はさせられた。そのぶん、勉強しなさいと言われないで済み、それはそれで助かったのだが、おかげで頭の方はいっこうに軽いまま大きくなった。

大人の遊びばかりでなく、子どもの遊びの相手もしてくれた。冬休みや春休みの長い休みになると、私の友だちが帰りの時間を気にしないで遊びに来た。父は風船をふくらまし、部屋の襖を取り払い、どこからかネットと紐を持ち出し、バレーボール・コートをつくる。ルールを決めて、いざゲームが始まると、声を張り上げ、子どもに負けじと夢中になる。輪

おやつの時間には鈴カステラ、ウエハース、ボーロなどが塗り物の菓子器にのって登場した
撮影＝菅野健児／新潮社

投げのときも、はしゃいでいたのは父だった。コリント・ゲーム（パチンコの親、元祖みたいなもの）のときは点数表をつくってくれた。

おっかない父は、私の友だちがいると遊び仲間であり、遊びの仕切り役だった。

反対に母は聞き上手で、いつもおだやかだった。

父は仕事関係のひとを家によく連れて来た。母からひとことふたこと声をかけられると、ぽろっと本音を洩らしたり、ほっとすることがあったらしい。好物を聞き出すのが得意で、次にいつ来るかわかっていると、さりげなく好物のひと品、ふた品がお膳にあがっていたという。

あれは私が小学生で、仙台にいた頃だと思う。いつもおだやかな母の違う一面を見た。

羊羹をひときれ買ってくるように私はおつかいを頼まれた。社宅のすぐ近くに和菓子屋があった。

「ひと棹ならいいけど、ひときれなんて恥ずかしいからいやだ」

私は生意気にも口答えし、プンプンにむくれた。母はむくれる私をなだめたりせず、頑として聞き入れず、言い放った。

「学校の宿題で写生するから、と言いなさい」

■■■

――そんなの見なくても描けます。お菓子なら、ほかにもあるじゃない。みかんだって、りんごだって……。

声に出しそうになって、言葉を呑み込んだ。

羊羹の好きなひとが、その日、家にお越しになったのだろうか。そのあたりのことは、まったく覚えてない。たしかその夜だったか、

「うちのお母さんって、ちょっと面白いの。羊羹を写生する、なんて言うのよ」

すぐ上の姉に言いふらし、胸のつかえ

をおろした記憶が残っている。

「いらっしゃいませ」

「ようこそ」

「お越しいただいて、うれしい」

言葉は違っても、心のこもった挨拶はその場の空気を心地よいものにしてくれる。だから、うそはつけない。相手にこちらの気持ちが伝わってしまう。おいしいお茶も、高級なお菓子も言葉にはかなわない。だいなしだと思う。

「いらっしゃいませ」

そのひとことが気持ちのすべてを語ってしまう。声は正直で、言葉は恐ろしい。

「いらっしゃいませ」のひとことが主役で、お茶やお菓子はあくまでも脇役。主役がしっかりしていれば、脇役も生きる。そのうち脇役はひとり歩きし、舌や胃袋、そして心の襞にたどり着き、思いが伝わり、思い出を残すのだろうか。

ひとの記憶装置は不思議だ。

■ ■ ■

うちにあったフルーツ・ポンチやアップルパイのことを、私の幼なじみはよく覚えているという。

「いまでもアップルパイを見ると、初めて食べたのは、向田さんちだったと思い出すの。あれはジャーマン・ベーカリーだったでしょ。あのとき、お父さんもお母さんも、それにお姉さんもいらして、話したこと、いまでも覚えてる」

なんだって！

私の記憶装置にはアップルパイもジャーマン・ベーカリーもきれいに消えている。

「あれは春で、あなたはチェックのスカートをはいていた」

ここに来て、ようやく軽いままの私の頭にも遠い日のことが甦る。

「あのアップルパイは姉が買ってきてくれたの。チェックのスカートは、たしか姉がつくってくれたものだと思う」

むかし話がやっと嚙み合い、幼なじみは昨日のことのように話すのだ。あなたのうちに遊びに行くのが好きで、いろんなものがあって、うらやましかった……。

こちらも思わずうれしくなり、姉自慢をまたひとしきりやってしまう——。

あれこれ思い出すと、どうも具合が悪い。自分の話や自慢らしきものがひとつもない。姉自慢の思い出話になっている。

私の頭の装置は死んだ父を恨むしかないが、見たり、感じたりする容量が少なく、人間の器も小さいようで、情けなく、悲しい。

■ ■ ■

楽しみ、喜び、感謝の気持がちょっとした仕種にあらわれ、自然な心遣いとなって、相手に伝えられたら。ごくごく当たり前のこととして、身について、生活の一部になっている。そんなおもてなしが出来たら、素敵だと思う。

おもてなしについて書くのは気が引けて、私にはまだ早そうだ。

ただいま、まだ修行中の身である。

向田邦子をしのぶ二つの資料館

実践女子大学図書館 向田邦子文庫

テーブルの上には向田さんの留守番電話が置かれている　撮影＝菅野健児／新潮社

向田さんの母校である実践女子大学の図書館内に、一九八七年に設けられた。旧蔵書やシナリオ、「映画ストーリー」編集者時代からの向田さんの執筆記事を掲載した雑誌・新聞、向田さんについて書かれた雑誌・新聞記事、図書、全著作の初版本等、約三千点の文献が揃っているほか、脚本を書いたドラマや出演した番組のビデオ等も所蔵している。生前執筆時に使っていたテーブルと椅子もこちらに寄贈され、向田邦子文庫コーナーに展示されている。

実践女子大学図書館　向田邦子文庫

住所………〒191-8510 東京都日野市大坂上 4-1-1
電話……… 042-585-8829（代表）
受付時間… 9時～17時（土曜9時～12時）
休館日……日曜・祝日・学校の定めた日
◎閲覧は学術目的のみだが、「特殊コレクション閲覧願」および所属研究機関または公共図書館の紹介状が必要。詳しくはホームページを。http://www.jissen.ac.jp/library/

かごしま近代文学館

台本や直筆原稿、器、勝負服などが、展示されている
撮影＝野中昭夫

父の転勤で、小学校三年生から二年あまりを過ごし、後年「故郷もどき」と呼んで懐かしがった鹿児島の地に、平成十年にオープンした文学館。向田家から寄贈された器、文房具、直筆原稿、書籍、洋服、アクセサリー、写真などの遺品約八千点を所蔵している。向田さんコーナーは、鹿児島にゆかりのある作家たちの生涯や業績、遺品などを紹介する常設展示の一角にあり、そこで遺品の一部が公開されている。また、年一回、向田さんの誕生月である十一月頃、洋服や器などのテーマで企画展示が行なわれており、ふだんは展示されていない愛用の品々に出会うことができる。

かごしま近代文学館

住所…………〒892-0853 鹿児島市城山町 5-1
電話………… 099-226-7771
ファックス… 099-227-2653
開館時間…… 9時30分～18時（入館は17時30分まで）
休館日………火曜日（祝日の場合は、翌日）
12月29日～翌年1月1日
観覧料………一般300円、小・中学生150円
◎かごしまメルヘン館との複合施設。

【写真提供】
文藝春秋（77頁左上、123、124、126、127、130頁）
クロワッサン特別編集『向田邦子を旅する。』（51頁右端、77頁右下）
向田せい、かごしま近代文学館

【ブック・デザイン】
大野リサ・川島弘世

【地図製作】
白砂昭義（ジェイ・マップ）

◆

本文中、末尾に出典を示したものは、向田邦子さんのエッセイの引用です。
引用文は、『向田邦子全集』（1987年　文藝春秋）を元にしました。
ただし、23頁は「サンデー毎日」（1980年11月23日号）「わが家の料理　向田邦子さん」より、
68頁は「週刊朝日」（1995年4月7日号）「私美術館・一品堂　中川一政さんと姉　向田和子」より、
115頁は「週刊現代」（1981年6月18日号）「データバンクにっぽん人　向田邦子」より引用しました。

◆

間取り図（66〜67、127頁）は、向田和子さんの話を元に描きおこしました。
書き文字（66〜67頁）＝磯田リウ

◆

本書収録の写真で撮影者が明らかでなく、連絡のとれないものがありました。
ご存じの方はお知らせ下さい。

とんぼの本

向田邦子《むこうだくにこ》　暮《くら》しの愉《たの》しみ

発行　2003年6月25日
26刷　2024年11月30日

著者　向田邦子《むこうだくにこ》　向田和子《むこうだかずこ》
発行者　佐藤隆信
発行所　株式会社新潮社
住所　〒162-8711　東京都新宿区矢来町71
電話　編集部　03-3266-5381
読者係　03-3266-5111
https://www.shinchosha.co.jp
印刷所　TOPPANクロレ株式会社
製本所　加藤製本株式会社
カバー印刷所　錦明印刷株式会社

ISBN978-4-10-602103-9　C0395